Über das Buch
Zieh dich aus, du alte Hippe hat einen globalen Schwierigkeitsgrad, der niemals unternebelt wird durch etwaige Hilfesprünge. Schneider stellt in seinem Roman ein Bein. Gleichzeitig packt uns eine ungenannte Angst, nämlich vor dem nicht Vorhersehbaren. Eine Angst, die unser Leben bestimmt. Kein Mensch kann sich da heraushalten, es geht uns alle an. Mit dem Kauf dieses Buches wird man auf eine neue Fährte gesetzt. Es kostet 12,80 DM. Auf Wiedersehen.

Der Autor
Helge Schneider, geboren 1955 in Mülheim/Ruhr. Abbruch des Gymnasiums, Bauzeichner, Verkäufer, Straßenfeger usw. Studium am Duisburger Konservatorium (Pianist), Abbruch des Studiums, Jazzmusiker, Landschaftsgärtner, seit 1977 Berufsmusiker mit Bröselmaschine, Art of Swing, Schneider-Weiss-Duo etc., Filmmusik, ab 1988 eigene Schallplatten: »Seine größten Erfolge«, »New York I'm coming«, »The last Jazz«, »Hörspiele«, 1993 der Film »Texas«.

Weitere Titel bei k&w
Guten Tach. Auf Wiedersehn. Autobiographie Teil I, KiWi 279, 1992

Helge Schneider

Zieh dich aus, du alte Hippe
Kriminalroman

Mit 16 Kohlezeichnungen vom Autor

Kiepenheuer & Witsch

© 1994 by Verlag Kiepenheuer & Witsch, Köln
Alle Rechte vorbehalten. Kein Teil des Werkes darf in irgendeiner Form
(durch Fotografie, Mikrofilm oder ein anderes Verfahren) ohne schriftliche
Genehmigung des Verlages reproduziert oder unter Verwendung elektronischer Systeme verarbeitet, vervielfältigt oder verbreitet werden.
Umschlaggestaltung Manfred Schulz, Köln
Umschlagfoto Selbstauslöser Helge Schneider
Satz Fotosatz Froitzheim, Bonn
Druck und Bindearbeiten Clausen & Bosse, Leck
ISBN 3-462-02384-5

Über dem Herd ist eine kleine Lampe angebracht, damit man das Essen besser sieht. Um diese Lampe herum summen Wespen, viele. Sie kommen nachts in die Wohnung, weil es draußen für diese Jahreszeit zu kalt ist. Ein Auto hält, und eine Person steigt aus. Wenig später schließt jemand die Tür auf. Der Mann hat etwas Schweres auf dem Rücken. In der Küche läßt er es auf den Boden gleiten. Es ist eine Frauenleiche, mit Plastik umwickelt. Hart matscht der Mund, der aus der Tüte guckt, auf die Fliesen. Die Wespen spüren die Wärme, die von dem noch nicht lange toten Körper ausgeht, und stürmen auf ihn los. Sie werden bald sterben, der Sommer ist vorbei. Der Mann tritt nach ihnen, um sie zu vertreiben, eine Wespe sticht ihn. »Verdammte Scheiße! Hau ab, du Arsch!« Er schlägt mit der bloßen Hand ein paar kaputt. Jetzt ist er erschöpft, er wirft sich auf den Küchenstuhl. Dann raucht er. Er starrt lange auf die Leiche und bekommt einen dicken Arm von dem Wespenstich. Er versucht, das Gift aus seinem Blut zu saugen, doch es gelingt ihm nicht, er stirbt noch am gleichen Abend. Doch keiner soll ihn in den nächsten Wochen finden, auch die Leiche der ermordeten Frau nicht.

Die Zeitungen schreiben auf ihren Titelseiten von dem Mord: *Mann überfiel wahrscheinlich Frau und erwürgte sie! Ein Augenzeuge hat gehört, wie er zu der Frau sagte: ›Zieh dich aus, du alte Hippe!‹ Doch sie tat es nicht! Deshalb wurde sie umgebracht.«* Eine Zeitung setzt eine Belohnung auf die Ergreifung des Täters aus. Die Polizei sucht ihn auch. Der Kommissar heißt Schneider. Er ist ein alter Hase und hat schon viele gefunden. Und er kann sehr schnell Auto fahren und macht alles heimlich. In seinem Büro erfährt er von dem Mord durch jemanden, der reinkommt, um es zu petzen.

Dieser Jemand erzählt: »Guten Tag, Herr Kommissar! Ich habe einen Mord gesehen! Ich bin total kaputt. Ich konnte da nicht mehr länger hingucken, deshalb habe ich nicht geholfen. Bitte verstehen Sie mich, Herr Kommissar! Was soll ich nur tun?«

Schneider runzelt die Augenbrauen und guckt ihn professionell an: »Erst einmal den Namen und Beruf, wo wohnen Sie?«

»Ich wohne in der Holzstraße, direkt neben dem Chinarestaurant »Mykonos«, wo ich immer esse. Es war furchtbar, der Mörder ist grauenhaft gewesen! Ich bin so froh, daß er mich nicht genommen hat.«

»Na, na, na, na! Bürschchen! Sachlich bleiben! Wie war der Täter angezogen? Trug er Ballettschuhe, oder wie habe ich das!« Er schlägt mit der flachen Hand nach dem Kerl. Dafür muß er ein wenig aus seinem Sessel hoch.

»Aua! Ich hab nichts verbrochen, deshalb dürfen Sie mich nicht hauen! Der Mann hat die Frau nackend sehen wollen, aber sie traute sich nicht, sich auszuziehen! Es war furchtbar! Immer und immer wieder hat der Mann mit einer aufgesägten Chappidose in der Frau rumgekratzt!«

»An der Kehle?«

»Ja, genau wie Sie sagen! Woher wissen Sie das?«

Der Kommissar haut dem Mann voll eins in die Fresse, dann tritt er mit seinem Stiefel dem Opfer die Zähne weg, der Mann fängt an zu weinen. »Du Memme! Du bist doch wohl nicht auf Urlaub hier! Oder?!« Und noch mal reißt der Kommissar ihm mit angewinkelten Zeigefingern den Mund kaputt, es ist ein widerliches Bild.

»Abführen!«

Zwei Wachtmeister tragen den ohnmächtigen Zeugen raus. Der Kommissar Schneider guckt auf die Uhr: »Wenn der Täter vor – wie dieser Mann hier beteuerte – zwanzig Minuten erst geflüchtet ist mit dem Opfer, dann haben wir eine frische Spur. Ich weiß nur noch nicht, wie frisch.« Zu sich selbst murmelnd verläßt er das Büro und geht Richtung Toilette.

Es ist schon spät am Abend. Ein vollbesetzter Bus rast durch die Stadtmitte, Kommissar Schneider hält sich hinter dem Fahrer an einer Schlaufe fest. Die Passagiere kippen immer wieder von links nach rechts, als der Bus in Schlangenlinien seine Überholvorgänge erledigt. Schneider denkt nach. Was hat es nur mit dem Mord auf sich? Sollte der Täter vielleicht ein ganz besonderer Typus sein, jemand, den man bislang noch nicht hatte? Immer und immer wieder läßt Schneider die Tat vor seinen Augen abspulen, nichts bringt ihn weiter.
Ein kleines Mädchen faßt ihn beim Aussteigen aus Versehen am Bein. Ganz klar, daß der Kommissar ihm so gut es geht von hinten mit seiner schweren Aktenmappe auf den Kopp haut. Die anderen Fahrgäste scheint es nicht zu interessieren. Mit verzerrtem Grinsen zückt Schneider plötzlich einen vergilbten Ausweis aus der Manteltasche: »So! Darf ich dann hier mal die Fahrausweise sehen!?« Er kontrolliert den Bus. Einer hat keine Karte und will verduften. Schneider hechtet ihm hinterher, erwischt ihn an den Fußgelenken und läßt sich nicht mehr abschütteln. Bis auf die nächste Straßenseite geht es. Der verhinderte Flüchtige hat Schaum vorm Mund, als Schneider seine Linke vorsausen läßt. Angeekelt reibt sich der Kommissar den Schaum von der Faust, und zwar am Pullover des Erwischten. Mit blutverschmiertem Mund fleht der Betrüger um Gnade. Doch da schließen sich schon ein paar lustige Handschellen um seine Gelenke.
»Los, auf geht's, in den Knast, Bruder!« Schneider hat einen dicken Fisch am Haken, seine Wachtmeister klatschen Beifall, als sie ins Büro kommen. Während der Gefangene fluchend hinter dem Gitter auf und ab läuft, kommt ein Anruf. Ein Wachtmeister hebt ab: »Bitte? Hier ist die Polizei.« Am anderen Ende will einer den Kommissar. »Ja, Moment, er ist da!« dann gibt er den Hörer weiter.

Der Kommissar sagt: »Nein, ich bin nicht da!« Er ist unwirsch. »Entschuldigung, ich glaube, er ist doch nicht da! Auf Wiedersehen!« sagt der Wachtmeister und legt auf.

Der Mann in der Telefonzelle ist zirka vierzig bis fünfzig Jahre alt, er trägt einen hellen Oberlippenbart, aber er scheint angeklebt zu sein, denn links und rechts tropft noch Pattex raus. Er ist total sauer. Mit ungeheurer Wucht knallt er den Hörer auf die Gabel und spuckt in die Ecke. Sein Streifenanzug ist chic, aber er sieht trotzdem nicht so aus, als gehörte er zu der besseren Gesellschaft der Stadt.
Denn er hat darüber eine grüne Lodenjacke an, die an den Kanten schon schmierig ist und auch kaputtgewetzt. Dreckige Fingernägel umrahmen seine Hände, die er nur mit Mühe so hält, daß sie nicht zittern. Er ist aufgeregt, weil er erpreßt. Dieser Mann hat sich vorgenommen, einen andern zu erpressen. Doch erst mal muß er herausfinden, wie der Frauenmörder heißt, daher ruft er die Bullen an. Als Kommissar Schneider am Apparat ist, verläßt ihn jedoch der Mut, und er hat einen zugeschnürten Hals. Sein Vorhaben wird jäh abgebrochen, doch dieser Mann gibt mit Sicherheit nicht auf.

Ein brauner Lieferwagen fährt vor dem Polizeigebäude vor, zwei Männer in weißen Kitteln und Ölschutzhandschuhen steigen aus und machen sich an der Hintertür zu schaffen. In weiter Ferne bellt jäh ein Hund. »Los, pack mal mit an, du Hänfling!« Der Ältere der beiden macht die Tür auf, und sie ziehen einen länglichen, in Plastikfolie verpackten Gegenstand raus. Er stinkt nach Verwesung, der Junge dreht sich ruckartig um und kotzt auf die Straße.
»Mach das bloß weg, du Schwein!« Der Ältere kann die eingehüllte Leiche nicht mehr allein halten, sie rutscht ihm auf den Asphalt, ein mahlendes Geräusch zeigt ihm an, daß die Zähne der unbekannten Person dabei zu Bruch gegangen sind.

»Verdammt, was soll denn das! Komm jetzt her!« Er tritt den Jüngeren in den Hintern, der damit beschäftigt ist, seine eigene Kotze wieder aufzuschlecken.
Notdürftig wischt er den Rest mit dem unteren Ärmelteil weg, es trieft von Kotze. »Entschuldigung, ich muß mich übergeben, wenn ich das sehe.« In dem Moment kommt Kommissar Schneider die Treppe runter.
»Hey, Fans! Na, wie geht's?«
»Wir haben das Paket auf dem Müll gefunden. Er ist sehr schwer.«
»So, dann wolln wir mal.« Der Kommissar untersucht den Toten, wendet ihn mit dem Fuß rum und sieht ihm ins Gesicht. Der Junge heult und versteckt sich hinterm Lastwagen.
»Er ist eines natürlichen Todes gestorben, Freunde! Ich kann ihn hier nicht gebrauchen, bringt ihn ins Schauhaus. Da solln sich die Angehörigen drum kümmern!« Er geht und läßt die beiden mit ihrem Fund stehen.
In seinem Büro riecht es nach Qualm. Schneider merkt es sofort.
»Guten Tag, Kommissar!« Der hohe Ledersessel dreht sich von selbst um, und darin sitzt der Bürgermeister.
»Klären Sie den Fall, und Sie bekommen mehr Geld demnächst, Herr Kommissar! Es war meine Schwester, die verschwunden ist. Man will auch mir ans Leder. Hier ist ein Scheck.« Er überreicht Schneider einen Zettel und zündet sich die Zigarre noch einmal an, sie war ausgegangen.
Schneider prüft den Scheck, er hält ihn gegen das Tageslicht. Zufrieden schüttet er sich was zu trinken ein und setzt sich so auf den Schreibtisch, daß sein eines Bein runterbaumelt, das andere nicht. »Sie müssen ja wissen, wer Ihre Schwester umbringen wollte, und wer es wahrscheinlich auch gemacht hat, denn Sie scheinen ja Interesse an dem Fall zu haben. *Ist es nicht so?!*« Er springt auf und rammt dem Bürgermeister einen Ellenbogen in die Magengegend.

Nach Luft ringend regt sich der Bürgermeister sofort auf: »Was meinen Sie, wen Sie vor sich haben, Sie Person! Ich werde Anzeige erstatten! Sie sind ab heute entlassen, denn ich bin Ihr Dienstherr, falls Sie das noch nicht wissen!«
»Aber dann erzähle ich dem Kulturausschuß auch, wo Sie die Instrumente der Beatbands versteckt halten, das wird ein Skandal! Hahahahaha!« – »Schon gut, Schneider, weitermachen! Und scheuen Sie sich nicht, etwas mehr Geld auszugeben für die Ergreifung meiner Schwester. Ich hoffe, sie ist nicht tot. Vielleicht hat der Mann sie nur scheintot gemacht. Das gibt es immer wieder, die Leute reden ja viel heutzutage. Auf Wiedersehen, Herr Oberkommissar.«
»Gut, ich kümmere mich darum.« Schneider schnippt mit den Fingern, als das Stadtoberhaupt rausgeht.

der Bürgermeister

Erst mal geht der Chef der hiesigen Kriminalpolizei zu sich nach Hause. Er hat Hunger. Seine Frau macht ihm die Tür auf.
»Wie siehst du denn aus! Irgendwie so enttäuscht, Helge! Stimmt was nicht?«
Schneider zieht seinen langen, dunklen Mantel aus und hängt ihn an den Haken. Dann streift er seine Schuhe ab und zwängt sie in den Schuhschrank, der über und über mit Stöckelschuhen beladen ist. Mit einer normalen Geste schmeißt er ein paar Schuhe raus, damit seine Platz haben.
»Was gibt's zu Essen, Schlampe?«
»Rotkohl.«
»Aha.«
Es ist halb sieben, als der Kommissar mit seiner Frau Mittag ißt.
Sie reden nicht. Er mümmelt an seinem Essen rum. Es sieht so aus, als wenn es nicht schmeckt. Doch er zwängt es sich rein, genau wie die Schuhe in den Schuhschrank.
»Noch Nachtisch?« Sehnsuchtsvoll guckt er in die Richtung, in der die Küche liegen muß. Dabei atmet er.
Die Frau steht auf und gibt ihm Eis. Als es dem Kommissar schmeckt, sieht sie gut aus. Er merkt es natürlich und wird scharf auf sie.
»Zieh dich aus, du alte Hippe!« Mit verzerrtem Gesicht und verkniffenen Lippen steht er vor ihr und sagt das.
Dann wird das Licht ausgelöscht, und niemand sieht mehr was.
Nur Fickgeräusche sind zu erkennen.

Am frühen Morgen schläft der Kommissar ein. Es regnet. Tropfen schlagen an die Fenster, das Toilettenfenster ist auf. Gleichmäßige Atemzüge sind zu hören. Der Kommissar träumt. Eine Ratte hat einen Minirock an und tanzt zu Jethro Tull. Plötzlich geht die Tür auf, und herein kommt Beckenbauer. Er hat einen Fußball zwischen den Zehen. Ein gefährlicher Grizzlybär nimmt eine Puppe hoch und schmeißt sie weg. Die Achterbahn auf der Kirmes ist schnell, Schneider sitzt drin und hat Angst. Er schreit wie am Spieß. Da, ein Stern fällt vom Himmel, es ist der Jupiter! Der Kommissar begeht mit einer Atemausrüstung den Lehnstuhl, der in seinem Zimmer nur darauf wartet, genommen zu werden.
Bald ist es sieben Uhr morgens, der Wecker wird dann schellen. Aber so lange ist noch Frieden bei den Leuten hier. Gleichmäßige Atemzüge verraten es.

Die Frau steht als erste auf und macht sich sauber, sie ist eine Sauberkeitsfanatikerin. Alle wissen es. Der Wecker schlägt acht.
»Kaffee!« Schneider erschreckt im Schlaf. Er steht senkrecht im Bett. Sie sollte nicht immer so schreien. Wie oft hatte er das schon gesagt. Da wirft jemand die Zeitung unter der Tür durch. »*Wieder Mord an Frau in unserer Stadt! Wer war es?*« Die Titelzeilen verraten nichts Gutes. Kommissar Schneider steht unter der Dusche, als seine Frau mit der Zeitung unter dem Arm reinkommt.
»Hier, lies!« Schneider traut seinen Augen nicht.
»Ich hätte schwören können, daß es sich nur um einen einzigen Täterkreis handelt! Jetzt muß ich wohl umdenken. Kein Mörder begeht den zweiten Mord so schnell. Er hat wohl schon einen Imitator gefunden, Ursula!« Schnell holt die Frau ihrem Mann den Mantel vom Haken, und er zieht ihn an. In

der Manteltasche raschelt der Schlüssel vom Wagen. Gleich holt er ihn aus der Garage und haut ab.
Seine Frau steht in der Türe und macht sich Sorgen, als der Kommissar mit einem hellbraunen, schnellen Fahrzeug um die Ecke fegt. Er ist sehr modern!

Die Ampel zeigt schon eine Weile Rot. Der hellbraune Wagen steht davor, drinnen sitzt kein anderer als: Kommissar Schneider! Er ist ungeduldig, seine Finger gleiten immer wieder über die Windschutzscheibe, um die Atemluft wegzuwischen. Er ist zu faul, das Fenster runterzukurbeln, dann käme frische Luft rein. Plötzlich ein Gesicht an der Autoscheibe. Dick, blaß, mit Brille und Halbglatze, die Augen sind träge, und das Kinn hängt, die Nase hat Kerben vom Trinken, es ist der Bürgermeister. An diesem Novembermorgen will er zu Fuß zur Arbeit gehen, deshalb ist er da.
»Herr Kommissar, was für ein Zufall! Was machen Sie denn hier?«
»Ich fahre! Soll ich Sie ein Stück mitnehmen?«
»Au fein, das Wetter ist so schlecht!«
Der Kommissar muß sich anstrengen, um die Beifahrertür aufzumachen, zuerst macht er das Knöpfchen hoch. Vom Bürgermeister sieht man beim Einsteigen erst die Beine und den Mantel, dann zuletzt zwängt er seinen dicken Kopf nach, er schwitzt wie ein Schwein. Er klemmt eine dünne Mappe unter dem Arm platt.
»Schnallen Sie sich an, Bürgermeister!«
»Ja.« Der Bürgermeister kann sich gerade noch anschnallen, da macht der Wagen einen Satz und streckt sich zum Horizont. Ein erhebendes Bild, wie der schnelle braune Wagen davonkracht. Der Auspuff schleift beim Start und macht Funken.
Die Leute, die jetzt an der Ampel warten, weil Rot ist, sehen den Wagen von außen.
»Na, wie geht's, was macht der Fall, Herr Kommissar, haben Sie schon eine Spur! Ich meine, der Frauenmord!«
»Nein, aber ich bin sicher, daß noch etwas passiert heute. Haben Sie die Zeitung gelesen?«
Dem Bürgermeister huscht ein sekundenlanges Grinsen über die Lippen, schnell ist es wieder weg.

»Nein, was steht denn drin? Es ist doch wohl hoffentlich nicht noch ein Mord passiert! Das wäre ein Skandal, unsere schöne Stadt würde auf die Art und Weise schnell berühmt, und es kommen viele Touristen!«
Der Kommissar bemerkt heimlich, daß der Bürgermeister ganz schlammige Hosenbeine hat, die Schuhe sind auch total versaut.
»Hinter der Post, in dem Matschgrundstück, ist wieder was passiert. Ein etwa 60jähriger Mann hat eine Frau umgebracht. Auf ähnliche Weise wie der Mord vorgestern. Diesmal haben wir die Leiche. Und auch das Tatwerkzeug, eine Chappidose. Es steht alles in der Zeitung, ein normaler Polizist hat alles gefunden.«
»Wie grausam! Mit einer Hundefutterdose.« Der Bürgermeister ekelt sich.
»Ja, der Mörder muß selbst einen Hund haben.«
»Was, Sie wollen doch nicht behaupten, daß unser Hund...«, erregt fuchtelt der Bürgermeister mit seiner eingeklemmten Mappe.
»Aber, aber, Herr Bürgermeister, was meinen Sie, wieviel Leute Hunde haben!«
»Ich weiß gar nicht, wovon Sie sprechen. So, da wären wir, vielen Dank für das Mitnehmen, auf Wiedersehen, Herr Kommissar!« Der Bürgermeister steigt aus und geht weg.
Schneider schaut ihm hinterher, ist das hier nicht die Post? Natürlich, der Bürgermeister hat sicherlich etwas zu erledigen. Der Kommissar macht schnell die Tür auf und guckt über seinen Wagen hinweg in Richtung Bürgermeister.
»Hey, Herr Bürgermeister! Gehen Sie nicht zu der Mordstelle! Nachher machen Sie sich verdächtig!«
Der Bürgermeister dreht sich gehetzt um.
»Ich wollte nur gucken, ob meine Brille noch da li...«, er hält erregt inne und wird rot.
»Bitte?« Der Kommissar hat schlecht verstanden.

»Nichts! Ich gehe ja hier her!« Er zeigt dem Kommissar eine andere Richtung.
Der hellbraune, modische Wagen fährt weg. In ihm drin sitzt: Kommissar Schneider!

Im Präsidium ist die Hölle los. Reporter von allen Zeitungen sind mit ihren Fotoapparaten aufgebrochen, um Kommissar Schneider zu knipsen. Ahnungslos kommt der Kommissar da an, er will gerade aussteigen, da macht jemand ein Foto von ihm! Schneider sieht das gar nicht gerne. In bekannter Manier schlägt er den Reporter total kaputt, ja auch die anderen Leute, die da sind, kriegen Haue.
»Will sonst noch jemand?« Er hält sich eine Faust an die Nase und guckt böse. Um ihn herum liegen mehrere Zeitungsleute mit verrenkten Kiefern, zerschlagenen Augenbrauen, einer hat ein Bein von unten nach oben aufgeschlitzt (Schneider hat immer heimlich ein kleines scharfes Stäbchen im Ärmel, das er blitzschnell zwischen seine Finger gleiten läßt, wenn er jemanden abführen will, um ihm weh zu tun), da liegt noch einer, dem Schneider mit seinem Stiefel, als dieser schon auf dem Boden liegt und ihm die Zunge raushängt, weil er ohnmächtig ist, voll mit der Hacke auf dieselbe Zunge tritt, und jetzt nur noch Püree da liegt, anstatt der Zunge. Keiner der übrigen Zeitungsheinis traut sich, was zu sagen, stumm bilden sie für den Kommissar ein Spalier, die Fotokameras sehen dabei verschämt auf den Boden. Einer macht doch noch ein Foto, und zwar vom Fußboden.

Als Schneider in sein Büro kommt, bietet sich ihm ein Bild des Grauens. Der Wachtmeister, der so lange für ihn gearbeitet hat und auch immer pünktlich war und fleißig, hängt mit dem Kopf nach unten an der Lampe. In seinem Mund hat er ein abgeschnittenes Bein mit einem hellbraunen Wildlederschuh an. Er ist mit einem Abschleppseil oben festgemacht. Das Blut steht ihm ausschließlich in der nun unteren Körperhälfte, oben ist er so weiß, als ob er nie in Urlaub war.

»Der Arme. Er war noch nie in Urlaub, wie konnte das passieren?«
Zum ersten Mal ist Kommissar Schneider etwas außer seiner Fassung, schnell bekriegt er sich aber wieder.
»Wer kennt den Toten noch?« herausfordernd sieht er in die Runde. Achselzucken.
»Gut, ich werde die Untersuchung sofort beginnen, helfen Sie mir!« Mit vereinten Kräften bergen sie den Toten. Dabei achten sie darauf, daß der Schuh im Mund bleibt, er könnte eine Spur sein.

Der Kommissar ist allein. Er sitzt gemütlich in seinem Stuhl und beäugt den Schuh mit dem abgeschnittenen Bein von allen Seiten, er dreht ihn verkehrt herum und dann wieder zurück. Mit spitzen Fingern, damit keine Fingerabdrücke dadrankommen, er trägt Handschuhe. Dann nimmt er den Hörer ab. Er wählt eine Nummer.

»Hallo? Ist da die Redaktion?« Am anderen Ende verbindet jemand mehrmals. Nach einer Weile hat Schneider den richtigen Partner gefunden. »Ja, Schneider hier, Polizeipräsidium... genau, der bin ich. Also, folgendes: ich möchte, daß Sie eine Kampagne starten! Es dreht sich um die unaufgeklärten Morde, der letzte ist gerade erst passiert! Und dazu gibt es eine Spur, und zwar hier in meiner Hand halte ich einen Schuh, der nur dem Mörder gehören kann! Das Sonderbare daran ist, daß sich darin noch fast das ganze Unterbein des Täters befindet! Was sagen Sie nun? Drucken Sie bitte ein Foto von dem Schuh mit dem Bein ab, dann können Passanten den Besitzer schnell verpetzen, und wir haben einen gefährlichen Verbrecher.«

Es wird beratschlagt, wo und wie das Foto gemacht wird, dann legt der Kommissar auf. Er lehnt sich gemütlich in seinen Sessel zurück.

Das abgeschnittene Bein liegt auf dem Tisch, während der Kommissar versucht, den schönen Wildlederschuh anzuprobieren.

Er paßt wie angegossen.

Als Schneider nach Hause kommt, versperrt ihm ein Lieferwagen die Einfahrt zu seiner Garage. Er steigt aus, um sich den Wagen aus der Nähe anzugucken. Es ist ein 36-Tonner mit acht Achsen, ein Sattelschlepper. Gerade steigen zwei unbekannte Männer an dem Auto hoch und wollen abfahren. Schneider ist rechtzeitig gekommen.
»Halt, Sie bekommen ein Strafmandat! Haben Sie nicht das Schild gelesen? Einfahrt freihalten? Los, runter vom Bock!« Er fuchtelt mit einer 45er, die er schnell aus der Joppe gezaubert hat, dem einen der beiden vor der Nase rum. Es ist ein kräftiger Mann mit grauen Schläfen. Dazu trägt er einen Overall, wo draufsteht: »*Rirabau*«.
»Wir haben eine Sondergenehmigung von Vatter Staat! Hier, der Lappen!«
Ungläubig besieht sich der Kommissar den wohl echten Bescheid.
»Na gut, weiter, weiter! Ich will hier rein! Und nun los, fahren Sie! Los, los! Ab geht die Post! Schnell! Ich warte nicht mehr lange! Abfahren, habe ich gesagt! Los!«
Der Kommissar ist böse.
Mit Getöse donnert das Ungetüm davon. Als der Kommissar sein Haus betritt, fällt ihm ein merkwürdiges, ratschendes Geräusch auf. Er denkt sich zunächst nichts dabei. »Ursula, bist du das?!« Keine Antwort.
»Ursula!! Was machst du da?!« Keine Antwort. Ursula ist wohl nicht zu Hause. Der Kommissar holt sich Getränke aus dem Kühlschrank. Das ratschende Geräusch hat einen Moment aufgehört, jetzt geht es wieder los. Und es ist sehr unangenehm. Der Kommissar geht durch das ganze Haus. Das Geräusch ist immerdar. Doch, was ist es? Der Kommissar ist verzweifelt. Nun sucht er bereits schon zwei Stunden die Ursache. Da, es klingelt. Der Kommissar macht die Tür auf. Draußen stehen ein paar Leute, anscheinend eine ganze Familie.

»Was wollen Sie?«
Der Mann sagt: »Wir wollen Riesenrad fahren!«
»Wie bitte?«
»Riesenrad fahren!« Und nun fangen die Kinder auch an: »Rieserat far! Rieserat far! Papa!«
»Entschuldigung, hier ist kein Riesenrad, was soll der Unsinn?« Schneider ist verärgert.
»Oh, ich sehe gerade, wir haben uns in der Hausnummer geirrt! Entschuldigung, es ist ja ein Haus weiter! Auf Wiedersehen!« Und sie gehen zum Nachbar rüber und klingeln da. Der Kommissar sieht mit Erstaunen, wie der die reinläßt, er nimmt Geld und verteilt irgendwelche Kärtchen. Was ist denn hier los? Schneiders Gehirnzellen kochen!
Mit hastigen Sätzen springt er durch sein Wohnzimmer und hechtet in den Garten, hier offenbart sich ihm das Inferno: Und nun weiß er auch, wo das merkwürdig schrappende Geräusch herkommt. Im Nachbargarten steht ein Riesenrad. Wenn es sich dreht, schrappen die einzelnen Fahrgastgondeln in steter Folge an den Fenstersims des Nachbarn. Schrapp – Schrapp – Schrapp – Schrapp – Schrapp und so weiter!
Mit einem überzogenen Grinsen steht der Nachbar daneben und lächelt ihm zu.
»Das ist nicht schlimm mit dem Fenstersims, Herr Schneider! Meine Frau und ich haben es sogar ganz gerne, wenn es abgehobelt wird!« Seine Frau steht neben ihm: »Ja, und das klingt gut, wie Musik!« Glücklich gehen beide ins Haus.
Der Kommissar gräbt bereits an dem Froschteich.

Mitten in der Nacht geht eine Frau ganz alleine durch den Park hinter der Post. Sie hat merkwürdige Beine, ein bißchen so wie Kommissar Schneider sogar. Als sie unter einer Laterne herhuscht, kann man, glaub ich, auch Kommissar Schneiders Gesicht erkennen, aber es soll noch nicht verraten werden, wer er ist. Noch ein paar Schritte, und die »Person« ist in Höhe des Mannes, der sie gleich überfällt. Aber er hat die Rechnung ohne den Wirt gemacht. Da, ein Geräusch im Unterholz, der Verbrecher kommt gebückt aus einem Busch gesprungen und will der Frau seinen bekannten Satz sagen: »Zieh dich aus, du alte Hippe!« Doch da geht überall Licht an, und es wimmelt auf einmal von Polizisten!

Kommissar Schneider reißt sich jäh die Perücke vom Kopf und erkennt mit scharfen Augen den hünenhaften Mann, der jetzt verblüfft und geblendet von den Scheinwerfern ist.

»Das ist doch nicht die Möglichkeit, Herr Bürgermeister, Sie?«

»Ja, ich, Herr Kommissar! Ich suche meine Schwester! Ich hatte gehofft, sie auf diese Weise zu finden!«

»Ach so, und ich hatte schon gedacht, *Sie* sind der Frauenmörder.«

»Nein, nein, Herr Kommissar! Ich bin der Bürgermeister. So, und nun entschuldigen Sie mich bitte, ich habe einen Termin. Auf Wiedersehen!«

Der Bürgermeister geht strammen Schrittes in Richtung Parkausgang. Ein Polizist mißt mit einem Metermaß die Fußabdrücke des Kommissars.

»Herr Kommissar! Schauen Sie! Ihre Fußabdrücke! Sie haben dieselbe Größe wie die von dem Mörder!«

»Ich werde Sie vom Dienst suspendieren lassen! Sie können gehen!« Schneider ist außer sich vor Wut.

»Das ist ja wohl das allerletzte! Diese Speichellecker werden immer frecher!« Er wendet sich dem Kriminalfotografen zu:

»Los, geben Sie mir den Apparat! Ich werde den Tatort selber knipsen!«
Er reißt dem Mann den Fotoapparat vom Hals und macht ein paar Verrenkungen, um den Fußboden zu fotografieren. Dabei rutscht er gekonnt aus und haut den ganzen Apparat wie zufällig auf einem hochstehenden Stein in Fetzen.
»Mein Apparat, Herr Kommissar!«
»Oh, ja! Ich werde ihn ersetzen lassen. Aber jetzt heißt es erst mal Mittagspause. Los, wir verhungern ja schon alle!«
Ein munteres Aufatmen geht durch die kleine Menge von Sachverständigen und einfachen Polizisten.

In der Kantine stehen alle in einer langen Schlange vor der Essensausgabe. Als der Kommissar endlich drankommt, sieht er die Frau, die ihm mit einer langen Kelle einen Teller Suppe vollmacht. Er starrt ununterbrochen auf ihren Ausschnitt. Ja, so ist Kommissar Schneider! Nicht nur brutal, erfahren und der beste Verbrechensaufklärer überhaupt, sondern er will auch immer poppen, so gut es geht. Diese Frau hat es ihm angetan, der Kommissar wird nach dem Essen zu ihr in die Küche gehen und sie dort auf dem Herd poppen. Sie läßt es geschehen, denn sie ist schon öfter als einmal von ihm gepoppt worden. Als alle weg sind, geht der Kommissar wirklich in die Küche!
»Guten Tag! Sind Sie allein?«
»Ja. Komm, Kommissar, popp mich!«
»Zieh dich aus, du alte Hippe!« Mit diesen Worten greift der Kommissar plötzlich hinter sich. Er hat eine Chappidose in der Hand oder so was ähnliches. Die Frau kriegt zuviel und rennt weg. Der Kommissar hinterher, er will keinen *Zeugen!* Er holt sie auf dem Flur ein. Zufällig ist keiner da. So kommt

es, daß am nächsten Tag jemand bei der Essensausgabe fehlt. Und so spielt es sich ab:
Der Kommissar rutschte nämlich aus und rempelte die Frau so unglücklich an, daß sie mit dem Hinterkopf an einem Haken, der aus der Wand ragte – es muß wohl ein Stück Eisen gewesen sein –, hängenblieb. Dabei wurde ihr die Schädeldecke abgehoben, und weil Luft ins Gehirn drang, starb sie jämmerlich, ja, sie ging richtig zugrunde. Der Kommissar sagte noch, daß er nur Spaß machen wollte, er wollte den Mörder nachmachen, deshalb hatte er sie mit der Hundefutterdose bedroht. Zufällig kam gerade die Putzfrau vorbei und hörte das. Sie half dem Kommissar beim Wegwischen an der Wand, und sie trugen die Verunglückte zu zweit eine Treppe tiefer in die Gefrierkammer, neben dem Gerichtsmedizinischen Institut. Dort wurde nur noch der Tod festgestellt. Es war grausam, aber so ist es manchmal. Nicht immer kann jemand was dafür. Auf jeden Fall war der Kommissar danach sehr schlecht gelaunt, was man hier an dieser Stelle verstehen kann.
Aber er hatte sich korrekt verhalten.

Ein leises Lüftchen wehte am Ufer, als ein langes Boot voll beladen mit Bananen den Fluß flutete. Auf der Kommandobrücke stand der Maat mit fliegender Hose und braungebrannt.

Er hatte diese Wehmut in den Augen, die wir nur von dem kennen, der die Weltmeere befährt. Was mußte dieser Kerl schon alles gesehen haben. Von Bangkok bis Honolulu, von Amsterdam nach New York, den Don runter nach Kanada oder am Missouri-Delta Tonnen von Weizenklee aufladen.

Seine gestählten Klauen griffen machtvoll um das Steuerrad. Hinter ihm, fast mit den Händen erreichbar, baumelten ein paar karierte Hemden im Wind zum Trocknen. Ein kleiner Kleffer rannte verspielt zwischen den einzelnen Bananenkisten her, dazu das Stampfen der Maschinen. Der Maat träumte gerade von Pommes mit Mayonnaise, als sein Schiff einen leblosen Körper rammte.

Beinahe wäre er koppheister von Bord gejumpt! Mit aller Kraft bremste er den Äppelkahn, dazu trat er mit gewaltiger Wucht in die Pedale, der Anker flog von der Kette, und die Bremsen heulten ihr Lied. Mit ein paar Tonnen aufgewühltem Sand machte der alte Teerjack sein Boot nun fest. Mit langen Schritten stieß er gen Bug. Da bot sich ihm ein Bild des Grauens: eine halbverweste Leiche war nach langer Zeit auf dem Grund des Flusses endlich aufgetrieben, wohl nicht der Tatsache allein zu verdanken, daß die beschwerenden Steine abgetrieben waren, sondern auch von den Fäulnisgasen, die sich bilden bei Wasserleichen, obwohl oder vielleicht weil keine Luft drankommt, ich weiß es nicht. Der Maat hatte gerade in ein Marmeladenbutterbrot gebissen, und es schmeckte ihm immer noch, weil er alles in seinem Leben schon einmal gesehen hatte.

Cool, mit dem letzten Bissen zwischen den Zähnen, packte er ins Wasser und holte mit seinen starken Armen den armen Tropf aus seinem nassen Grab. Jetzt mußte er aber doch fast kotzen, denn der Tote hatte überhaupt keinen Unterleib mehr, statt dessen ragte das letzte Ende des Rückgrats alleine raus, und daran war eine bunte Schleife befestigt mit der Aufschrift: »Er war ein langweiliger Skatbruder!« Der Maat warf den Körper auf das Deck und machte sich daran, die Aale aus dem Kopf zu ziehen, um sie vielleicht zu kochen. Er schlug sie auf jeden Fall an Ort und Stelle kaputt.

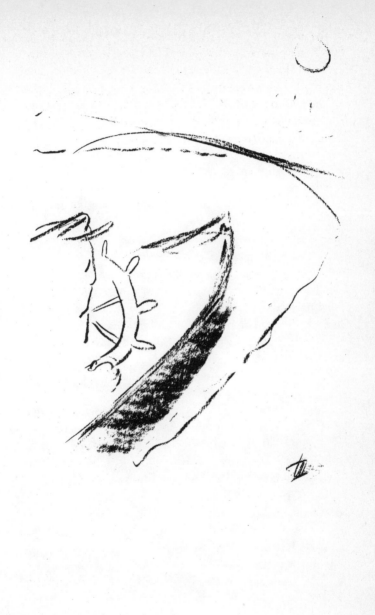

Später in seiner Kajüte, als der Maat beim Essen sitzt, er ißt Aal mit Nudeln, überlegt er sich, was er mit seinem grausamen Fund macht. Nachdem er aufgegessen hat, steht er auf, geht nach oben und schiebt die Leiche zurück ins Wasser. Er will keinen Ärger.

Im Polizeipräsidium ist es schon dunkel, nur eine Lampe brennt noch. Es ist die von Kommissar Schneider. Er ist noch auf und schreibt was nieder. Ein Protokoll von einem Vermißten. Ein Mann war heute in der Kanzlei gewesen und hat gesagt, er vermißt einen von seinen Skatbrüdern. Er vermutet, daß er mit Geld abgehauen ist, und zwar aus der Skatkasse, wo sie immer von die Kegeltouren machen. Der Kommissar mußte ihn ganz schön ausquetschen, mehr wollte der Mann nicht preisgeben. Es witterte so etwas wie ein Geheimnis in seinem Gesicht, fand Schneider, so, als ob was nicht ganz echt wäre. Also trat der Kommissar ihm in einem unbeobachteten Augenblick mit voller Wucht in die Eingeweide. Der Mann spuckte Blut, als er wegbuckelte.
Der Kommissar wollte nichts mit einem neuen unaufgeklärten Fall zu tun haben, deshalb schrieb er in sein Protokoll: »Skatbruder lief auf und davon und nahm alles Geld mit. Keiner kann etwas dafür. Die Polizei braucht ihn nicht zu suchen. Der Name wird einfach im Einwohnermeldeamt gestrichen. Gezeichnet: Kommissar Schneider.«
Dann steht der Kommissar auf und geht ans Fenster.
Er sieht, wie zwei Menschen in einer Entfernung von etwa 50 Meter hintereinander hergehen. Vorne ist eine Frau, dahinter ein Mann. Es ist ein Unbekannter! Er verschnellgt seinen Schritt. Die Frau vorne will wegrennen, da hat der Mann sie fast eingeholt. Der Kommissar sieht alles mit ver-

schwimmenden Augen. Träumt er oder wacht er? Ihm kommt diese Szene bekannt vor. Ja natürlich, jetzt fällt es ihm wie Schuppen von den Augen. Dies hier ist kein Spiel! Es ist ein Mord! Der Kommissar fliegt in seine Jacke, reißt seine Knarre aus dem Tisch, steckt sie in die Jacke, dann raus aus dem Büro und in den Fahrstuhl, nein, der ist zu langsam, lieber zu Fuß die Treppen runter! Er rutscht aus und fällt hin! Egal! Weiter, weiter! Als er mit rohem Atem aus dem Hauptportal jagt, weiß er nicht, wohin er rennen soll. Er wählt eine Richtung. Dann rennt er hinter dem Mörder und seinem Opfer her. Weißer Atem schlägt ihm ins Gesicht, es ist sein eigener. Er rennt und rennt, fast eine halbe Stunde. Nichts zu sehen. Der Kommissar hält jäh inne und läßt sich auf den Boden sinken vor Lungenpein. Er kann nicht mehr, er sieht Sterne. Mit gezogener Pistole lauert er auf dem Boden, ob nicht doch jemand kommt. Die Stadt ist menschenleer. Nur ein paar Regentropfen sind jetzt zu hören, vereinzelt. Es will nicht so richtig anfangen zu regnen.

Da! Aus der Stille ein unglaublicher Schrei! Das ist der Todesschrei der Frau, die von dem Täter gerade umgebracht wird, weil sie sich wehrt. Wie in einem Traum sieht der Täter sein eigenes fürchterliches Tun, er fühlt sich jetzt wohler. Die Frau nicht, sie ist schnell in Ohnmacht gefallen, bevor sie ganz stirbt. Der Mörder hat eine Brille auf. Sie ist voller Blutspritzer, keinem fällt das auf in der Straßenbahn, mit der der Mann nach Hause fährt. Zu Hause sagt seine Frau zu ihm: »Du hast da was auf der Brille!« Dann erst wischt er sich die Brille ab. Er steht im Badezimmer vor dem Spiegel und sagt zu sich selbst: »Du gemeiner Mörder! Du bist böse!« Das Spiegelbild lächelt und sagt dann: »Natürlich bin ich böse, weil sie schlecht kocht und ich nichts zu lachen habe.« Der Mann, der in den Spiegel guckt: »Ach so, ja dann ist das aber auch gar kein großes Problem!« »Neeeeeeeeee!« Zufrieden wäscht sich der Kerl die Hände.

Es ist soweit. Der Schuh mit dem abgeschnittenen Bein soll fotografiert werden. Zwei Männer betreten das Polizeipräsidium, sie haben Lampen dabei und ein paar Kabel. Einer trägt einen silbernen Koffer, da sind wohl die Fotoapparate drin.
»Hier geht's lang.« Der Pförtner schickt die beiden in die Richtung, wo Kommissar Schneider sein Büro hat.
Sie kommen mit trockenen Mündern da an. Der Kommissar hat schon alles vorbereitet, auf dem Schreibtisch ist ein weißes Laken ausgebreitet, worauf der Schuh mit dem abgeschnittenen Bein steht, das jetzt aber etwas riecht. Es ist ja schon zwei Tage alt. Kommissar Schneider hat einen Mundschutz um, er sieht gespenstisch aus. Unter seinem Kinn hat er eine Taschenlampe angebracht, sie leuchtet ihm ins Gesicht hoch. Er will die beiden nur erschrecken. Die kümmern sich aber nicht darum.
»Das weiße Tuch ist nicht gut, es gibt zuviel Kontrast. Haben Sie ein blaues?« Der eine ist unzufrieden.
»Nein, machen Sie, wozu sie bezahlt werden. Ich habe wenig Zeit.« Der Kommissar ist ungeduldig. Die Männer nehmen das Tuch weg und fotografieren das Bein ohne Unterlage. Sie dekorieren das Bild mit dem bronzenen Aschenbecher, der seit zwanzig Jahren nicht mehr geleert wurde, so jedenfalls sieht er aus. Der Kommissar ist Kettenraucher, er spuckt auch schon morgens grau.
»Riiiiingggg!« Das schreiende Telefon sorgt für Verwirrung. Schneider nimmt den Hörer ab. Aus dem Kabel scheppert eine durchdringende, unsympathische Stimme:
»Guten Morgen, Herr Kommissar! Möchten Sie wissen, wer die Frauen umbringt? Dann schauen Sie in den Spiegel.« Und schon hat er eingehängt. Der Kommissar rappelt an dem Hörer, weg.
Die Fotografen gehen gerade. Schneider überlegt nicht lange, er geht aufs Klo, um in den Spiegel zu gucken. Zuerst

bemerkt er nichts. Doch es muß etwas mit dem Telefonanruf auf sich haben. Er dreht und wendet sich nach allen Seiten. Besieht sich mal von links, dann von rechts, sogar von hinten. Als er so da steht und sich den Hals verrenkt, sieht er zufällig auf der anderen, dem Spiegel entgegengesetzten Wand, ein paar haarfeine Striche im Putz, wahrscheinlich von einer Stecknadel ausgeführt. Mit einer Lupe untersucht er die Zeichen, und da steht es geschrieben: »Guten Tag Herr Kommissar! Haben Sie gut geschlafen? Und hier der Täter: Er trägt eine Maske, die ihn von keinem unterscheidet. Er hat in der Manteltasche ein blondes Frauenhaar, zirka 4 cm lang, zu einem Klümpchen zusammengerollt. Viel Glück!«
Der Kommissar macht einen Freudensprung.

Im Fernsehen ist lustiger Quiz-Quatsch, das sieht sich der Kommissar immer gerne an. Da kann er von der harten Arbeit am Tage abschalten.

Gerade macht der Showmaster eine Ansage:
»Also, meine Damen und Herren, urteilen Sie selbst vor den Bildschirmen, wer der bessere Ratefuchs ist, Herr Schleiner oder Herr Merrjahn. Und nun die Endausscheidung! Die Summe ist *Hundertfünfzigtausendzwanzig!* Wer hat den Preis?«
Es werden ein paar Zettel herumgereicht, plötzlich springt einer hoch und ruft aus: »*Top! Sieben! Acht! Neun! Wagenwäsche!*« und rennt zu einem Auto, das an der Seite steht, nimmt einen Eimer Wasser und schüttet den Wagen voll. Dann nimmt er einen bereitstehenden Schrubber und schrubbt drauflos, nach ein paar Sekunden gellt ein Pfiff durch die Halle, die mittlerweile außer sich vor Begeisterung ist, und der Kandidat läßt augenblicklich den Schrubber fallen und rennt zurück auf seinen Platz.
Er schafft es aber nicht, der Showmaster hat Bruchteile von Sekunden vorher einen abschließenden Pfiff getan und ist dabei wie ein Verrückter hochgeschossen. Ein jähes Raunen geht durch den Saal, die Menge ist hörbar enttäuscht.
»Wieder nicht gewonnen, Herr Schleiner! *Schade! Schade!* Aber vielleicht ein nächstes Mal! Mit einem anderen Thema! Auf Wiedersehen. (Zur Menge und zu den Fernsehzuschauern:) So und wir verabschieden uns jetzt auch, ich wünsche allen noch einen geruhsamen Abend und gute Nacht! *Ihr wart mal wieder top!*« Mit Musik hastet er eine Papptreppe hoch und ist verschwunden.

Der Kommissar schaut auf die Uhr. Viertel nach acht. Er ist noch gar nicht müde. Da kommt aber seine Frau rein, und er muß ins Bett. Sie ist sehr streng. Er wehrt sich nicht, als sie ihm das Nachthemd aus dem Schrank holt und es fein säuberlich gefaltet auf das Kopfkissen legt. Wenn er es angezogen hat, bekommt er plötzlich einen unwahrscheinlichen Gedanken: Was ist, wenn der unbekannte Frauenmörder gar kein Mann, sondern eine Frau ist? Diesmal schläft er nicht gemeinsam mit seiner Frau im Schlafzimmer, sondern steht die ganze Nacht mit großen Augen hinter dem Schrank und paßt auf, daß seine Frau schläft. Am frühen Morgen bricht er zusammen.

Er muß zum Arzt. Im Vorzimmer wird er mit den Worten empfangen: »Herr Kommissar, haben Sie den Krankenschein mit?«

Sofort reißt der Kommissar seinen Mantel auf, holt einen Krankenschein raus, knüllt ihn zusammen und frißt ihn auf. Er gebärdet sich wirklich wie eine freigelassene Wildsau. Die Krankenarztassistentin ist sprachlos, doch zieht der Kommissar noch einen Krankenschein aus der Tasche und füllt ihn aus. Nein, er hat ihn sogar schon ausgefüllt, das andere vorher war ein Bluff! Jetzt versteht die Frau. Der Kommissar ist immer lustig manchmal. Viele verstehen das nicht; auch wenn der Kommissar schnell Auto fährt, will er nur belustigen. Alle sollen schmunzeln, wenn er da ist. Dadurch bringt er ein bißchen Lockerheit in unsere fade Welt. Schon viele Danksagungen von Verbänden und anderen Vereinen sind zu ihm gekommen, auch das Ehrenmitglied in einer tollen Vereinigung ist er, nämlich im Karnevalsclub!

Es versteht sich von selbst, daß Kommissar Schneider, wenn hohe Leute kommen aus Politik oder so, auch Reden hält. Sie werden von jemand anders geschrieben, er weiß gar nicht, was er da sagt. Man kann ihm wirklich nichts verübeln. Er ist ein guter Mensch, der auch hervorragend aussieht und auf Frauen wirkt. »Haben Sie nicht Lust, in die Politik zu gehen?« hat mal jemand zu ihm sogar gesagt.

Stolz sitzt er vor dem Arzt. Der Arzt selber ist gar nicht da, er ist ins Nebenzimmer gegangen, um Medikamente zu holen, er kommt zurück.
»Herr Kommissar, hier, dieses Medikament kann Lähmungserscheinungen hervorrufen und auch zum Tode führen, verwenden Sie es nicht für sich selbst. Es ist sehr gefährlich. Aber ich bin sicher, daß die Warze am Fuß auch so weggeht, man muß nur lange warten, daß jemand sie abschneidet. Oft passiert das aus Versehen, z.B. bei einem Autounfall, wenn Glassplitter in den Schuh eindringen. Und nun zu Ihrer Frage. Sie fragten, ob eine Frau stark genug wäre, eine andere Frau abzumurksen, und zwar ohne fremde Hilfe. Herr Kommissar, das ist nicht möglich. Es sei denn, die Frau ist in Rage, das heißt, jemand hat sie wütend gemacht. Dann ist es allerdings möglich, daß so ein aufgebrachtes Monstrum Bärenkräfte erlangt, die sie zu einem wahren Herkules werden läßt. Aber dann Gnade vor Recht, Herr Kommissar. Und nichts für ungut.«
Der Kommissar bezahlt und geht.

Zufälligerweise ist die Urlaubszeit angebrochen. So kommt es, daß der Kommissar Schneider mit seiner Frau Ursula in Urlaub fährt, und zwar mit dem Wohnmobil. Es macht ihm Spaß, auf diese Art zu verreisen. So kann er seiner Frau beweisen, wie gut er fährt, er nimmt sie ja im Dienst nie mit.
Über eine Auffahrt kommen sie auf die Autobahn. Sie ist sehr voll, der Verkehr steht. »Verdammt, soll das jetzt den ganzen Urlaub so gehen?« Der Kommissar ist außer sich vor Wut, er hat Schaum vor dem Mund. Da wischt seine Frau ihn ab, sie ist fürsorglich. So vergehen Stunden. Am Abend ist das Benzin alle, und sie sind noch kein Stück weitergekommen. Die Frau soll Benzin holen gehen, Kommissar Schneider paßt so lange auf den Wagen auf. Als die Frau nach zwei Stunden wiederkommen will, begegnet sie dem Mörder, nur sie weiß es ja nicht, daß er es ist!
»Hier, Schatz, Benzin.« Der Kommissar füllt das Benzin ein und vergißt dabei, seine Zigarre auszumachen. Eine Explosion rafft ihm seinen rechten Arm weg. Die Frau steht dabei und kann nicht helfen!
So verbringt der Kommissar seinen Jahresurlaub damit, mit dem noch zur Verfügung stehenden linken Arm alles zu lernen, was sonst der rechte gemacht hat. Seine Frau hilft ihm nicht dabei, sie ist immer nur schwimmen. Ein braungebrannter Mann spricht die Frau in der Badeanstalt an und verführt sie. Beide gehen gemeinsam an den Strand, und dort macht er sie sich gefügig. Sie nimmt ihn sogar in den Mund, dabei spricht er italienisch.
Als der Kommissar am Ende des Urlaubs nach Hause fährt, lenkt er den Wagen mit links. Den rechten Arm will er um seine Frau legen, doch es gelingt ihm nicht.
Als er am ersten Arbeitstag in sein Büro kommt, ist ein großes Helau und Hallo wegen dem appen Arm, jeder will mal anfassen. Zum Glück hat der Kommissar die Sache mit dem appen Arm nur *geträumt*. Als er am nächsten Tag ins Büro

kommt, ist ein großes Hallo und Helau, jeder will die beiden Arme mal anfassen.
Kommissar Schneider sitzt an seinem Schreibtisch. Da! Ein Insekt kriecht über den Tisch, ein Kakerlak! Erst merkt der Kommissar nichts, doch als das Tier mit seinen Scheren klappert, wird der Kommissar aufmerksam. Er erschrickt *nicht*. Mit versteinertem Gesicht drückt er das Tier mit dem Daumen kaputt, es schreit noch um Hilfe. Seine ganzen Verwandten kommen plötzlich aus ihren Verstecken, sie wollen Kommissar Schneider töten. Mit blutunterlaufenen Augen sitzt der Kommissar da, und die Tiere kriechen auf ihm rum, sie wissen aber nicht, daß er seine Waffe versteckt hält. Jetzt feuert er sein ganzes Magazin aus dem Trommelrevolver. Die Tiere sind verfehlt worden, aber sie flüchten schnell, der Kommissar geht hinterher, doch in den engen, verwinkelten Schlupflöcher in der Fußleiste hat er keine Chance. Ärgerlich geht der Kommissar aus dem Zimmer.
»*Berto!*« Er ruft nach seinem Assistenten. Ein verknitterter Mann kommt aus der Ecke.
»Ja, Herr Kommissar?«
»Hier!« Der Kommissar gibt dem Mann ein paar Papiere. Dann geht er weg, und der Assistent guckt in den Boden.

Jetzt sitzt der Kommissar Schneider schon mehrere Tage an dem Fall mit dem Frauenmörder. Bald wird er aber sauer, weil er ihn nicht aufklärt. Um sich zu entspannen, besucht er ein Klavierkonzert. Er bekommt einen Platz in der vierzigsten Reihe, hier kann man schlecht sehen, er reckt immer den Kopf zwischen den anderen hindurch, dabei kann er dann, wenn er die Augen zusammenkneift, den Pianisten hinter seiner Tastatur erkennen. Er hat ein wildes Gesicht und etwas längere Haare, die immer furchtlos im Wind des in Rage kommenden Künstlers nach vorne schlagen, um dann wieder zurückzuhauen. Der Mann spielt Beethoven, er sieht genau aus wie die Gipsköpfe, die es von ihm gibt. Gegen Ende des Konzertes wuchern immer mehr Saiten wie Nato-Draht aus dem teuren Instrument, bei jedem Akkord rupft der Mann mit seiner durchschlagenden Raserei ein paar Hämmer mitsamt Taste mit seinen Pranken weg. Kein Zeifel, es ist Beethoven selbst, der da gespielt hat! Als er nämlich ins Publikum guckt, nach dem letzten Satz des Opus 49, da merkt man, daß er *taub* ist! Ja, es ist wirklich Beethoven! Der Kommissar schreckt hoch. Was wird hier gespielt, wo kommt Beethoven jetzt her? Und ehe der Kommissar Schneider noch überlegen kann, wird Beethoven schon rausgeschleppt. Der Flügel kommt auf den Schrottplatz.

Noch ganz benommen steigt der Kommissar Schneider mal wieder mit Genuß in die Straßenbahn. Gleich wird er seinen Ausweis zücken. Doch da: »Guten Tag, Herr Kommissar. Darf ich mich vorstellen, mein Name ist uninteressant, jedoch ich habe eine wertvolle Information für Sie, kommen Sie mit, wir steigen an der nächsten Haltestelle aus, ja?« Er nimmt den Kommissar an den Mantelenden und zieht ihn hinter sich her. Da kommt die Haltestelle, es geht alles sehr

schnell, die Bahn hält, der Kommissar wird praktisch *gezwungen,* mit dem andern mitzugehen! »Hey, heyhedoooo! Was ist los?« Der Kommissar wird wütend. Er ballt eine Hand zur Faust und will schon schlagen, da zerbricht bereits eine Flasche auf seinem Schädel. Und noch einmal wird ein Gegenstand auf seinen Kopf gehauen. Er ist ohnmächtig und soll wohl entführt werden!

Als der Kommissar in einem dunklen Raum aufwacht, weiß er nicht, wieso er da ist. Auch ist kein anderer da, er ist allein. An den Fingernägeln kann er nicht kauen, da seine Hände mit Plastiktüten umwickelt sind, und ein dickes Paketband ist auch um ihn ganz herumgewickelt. Er ist nun Opfer. Wo er sonst jagt.
Plötzlich geht die Tür auf und herein kommt: *Beethoven!*
Der Kommissar schnappt über. Er schreit und lacht. Wie ein wildgewordener Handfeger kehrt er dabei den gesamten Bodenbereich in seiner Nähe. »Ich darf mich vorstellen. Beethoven. Ich habe Sie eben auf meinem Konzert gesehen, hat es Ihnen gefallen? Hahahahahaaaa!« Er lacht schauerlich mit zurückgeworfenem Hals. Seine Zähne sind nur braune Stummel. Es ist ein Zombie! Zum ersten Mal hat der Kommissar Schneider es mit einem Zombie zu tun. Es wird für ihn kein Zuckerschlecken. Er beginnt nun auch zu verstehen. Aber er weiß auch, daß das gar nicht Beethoven sein kann, weil Beethoven nicht kriminell ist. Also, wer soll es dann sein? Fragen über Fragen, die auf ihn einströmen. Der Typ, der sich für Beethoven ausgibt, stellt ihm eine Dose Gebäck hin und verschwindet wieder. Alleingelassen sinnt der Kommissar auf schnelle Befreiung.

»Kommissar Schneider spurlos verschwunden!« Diese Schlagzeile liest seine Frau am nächsten Morgen in der Zeitung. Sie schreckt aus dem Schlaf hoch, weil er nicht da ist heute nacht. Diese Frau macht sich Sorgem um ihren Mann. Liebevoll hat sie immer für ihn lecker gekocht und war mit ihm spazieren am Sonntag oder zwischendurch. Er war ihr ein und alles. Das soll sie nun missen müssen? Wer soll als nächster seine Stelle einnehmen, etwa Berto, sein Assistent? Sie ruft ihn an.
»Hallo! Hallo! Hier ist Frau Kommissar Schneider. Berto, mein Mann kommt nicht nach Hause, was ist los!«
»Er war im Konzert noch, mehr weiß ich nicht!«

An dieser Stelle Szenenwechsel:
In dem dunklen Raum, wo der Kommissar eingesperrt ist, bewegt sich was. Eine Art Schlange kriecht auf den noch immer gefesselten Kommissar zu. Der Kommissar schnalzt mit der Zunge nach dem Getier. »KL,KL,KL!« macht er in die Richtung. Das Tier hebt den Kopf und hält kurz inne. Zischend geht es weiter, die Schlange wickelt sich sachte um ein Bein des Gekidnappten. Mit eisernen Nerven sieht ihr der Kommissar zu, so lange, bis die Viper an seinem Hals ist und ihm mit der zweiteiligen Zunge einen lauen Wind zuchelt. »Wir verstehen uns, was, Kollege?« Der Kommissar will locker wirken. Das Tier stinkt. Es hatte wohl kurz vorher aus dem Mülleimer gegessen, wie es seine Art ist. Und die da oben hatten mal wieder viel übergelassen. Zufrieden räkelt sich das Biest nun auf Kommissar Schneider in den Schlaf, jetzt ist keiner der beiden mehr allein und fühlt sich Scheiße. Obwohl sie sich erst seit kurzem kennen, haben sie größtes Vertrauen zueinander.

Kein Vertrauen hat Kommissar Schneider zu den Leuten, die ihn geklaut haben. Ist einer von denen gar der Frauenmörder? Nach langen Überlegungen fällt für ihn dieser Aspekt nicht in Betracht, denn ein Frauenmörder dieser Fassong, wie wir ihn nun kennen, ist Einzeltäter, er macht sein Soloprogramm. Aber hatte nicht auch »Beethoven« ein Solo am Klavier gehabt? Und war es nicht irgendwie merkwürdig verstimmt? Fehlten vielleicht ein paar Tasten? Mit diesen Fragen, die er nicht selbst beantworten können wird, versucht der Kommissar ein wenig einzunicken. Die Schlange schläft schon lange.

Sie träumt von einem Wasserschwein, das sie ganz verschlingt, es lebt noch und bellt laut in ihrem Magen, doch hat es keine Chance, da die Verdauungssäfte der Schlange dann dran sind; sie zerquetschen das Schwein und machen aus ihm eine lange Wurst, die wochenlang im hinteren Teil der Schlange mitgeschleppt wird. Davon zehrt das Tier in der langen Pause, wo es nichts zu essen gibt. Und dann träumt die Schlange von einem zweiten Wasserschwein, es hat dasselbe Schicksal! Hahahaha!

Durch einen lauten Knall wird der Kommissar wach, es ist noch dunkel. Die Schlange ist komischerweise mitten auf dem Kommissar liegend geplatzt! Sie hatte zu intensiv geträumt. Jetzt ist von ihr nur noch eine blutige Masse übrig, an vereinzelten Stellen mit Schlangenleder. Voller Ekel wischt sich der Kommissar mit der rechten Hand über den Mund. Er staunt: wieso kann er seine Hand bewegen? Er versucht auch die andere Hand, es geht. Sogar aufstehen geht, er ist wohl frei. Jemand muß ihn in der Nacht im Schutze der Dunkelheit losgebunden haben. Ein wenig mißtrauisch guckt er sich um, alles still. Er hält den Atem an, nein, es ist nichts zu hören. Mit Schlangenresten am Popelin-Mantel bewegt er sich zur Tür. Doch wo ist die Tür? Alles ist dunkel, man kann nirgends etwas Türähnliches erkennen. Er tastet sich an der Wand entlang, irgendwann muß er auf die Tür stoßen. Nach einer halben Stunde, er ist mehrmals ganz um das Zimmer herumgegangen und hat keine Tür gefunden, gibt er fast auf, da kommt ihm die Idee: Die Tür ist in der *Decke!*

Er guckt hoch, mitten in der Zimmerdecke sieht man die Tür. Man muß sich erst an die Dunkelheit gewöhnen. Doch wie soll er da hinaufkommen? »Gar nicht!« Diese Worte stehen wie ein Fels in dem Raum! Kommissar Schneider wirbelt herum: Da, Beethoven! Der Zombie grinst ihn an. Atemlos herrscht der Kommissar ihn an: »*Geh weg! Du Leiche!*« Er will ihn wegstoßen, da wächst aus dem Kopf der Bestie ein zweiter Kopf, und zwar der von Kommissar Schneider! Japsend zeigt der Kommissar auf sich selbst und versucht, zu begreifen, was passiert ist. Es ist Surrealismus. Doch der Kommissar macht jetzt das einzig Richtige, er wird absurd. Er verwandelt sich in ein geometrisches Dreieck, aus dem Raum macht er einen Kreis, dessen Schnittpunkte sich mit dem Dreieck treffen, nun ist er frei.

Wieder auf der Straße, merkt er, daß es spät ist, er muß nach Hause, weil seine Frau sich sonst sorgt. Sie hat sicher schon die Polizei gerufen. Ach nein, er ist ja selber die Polizei. Er atmet auf. Was für ein Konzert.

Am nächsten Morgen nimmt sich der Kommissar vor, mit seinem Assistenten den Mörder zu fangen. »Als erstes werden wir diesen Bürgermeister zu Hause aufsuchen, Berto! Sie gehen mit!«
Mit ihrem Automobil unterwegs, haben sie eine schöne Zeit. Sie sind schnell da. An einer Tankstelle zwischendurch holen sie sich Zigaretten. »Ich dachte, Sie rauchen nicht, Herr Kommissar, zumindest keine Zigaretten!« »Genau, Berto. Und das ist der Trick, keiner wird darauf kommen, daß ich es wirklich bin. So genieße ich ein wenig Ellbogenfreiheit. Merken Sie sich das. Im übrigen pflege ich nicht über meinen Beruf zu sprechen.«
Der Assistent trottet hinter seinem Meister her. Sie lassen den Wagen in gebührender Entfernung stehen, um unbemerkt zum Haus des Bürgermeisters zu kommen.
Der hat sie schon hinter der Gardine entdeckt. Er steht den ganzen Tag hinter der Gardine und paßt auf. Ob er ein *schlechtes Gewissen* hat? Seine Stirn zeigt ein paar frische Schweißtröpfchen, als er mit fahrigen Händchen den Türknauf bedient, um die beiden Kriminalisten reinzulassen. Die Bude ist total überheizt. Hier ist mit Bestimmtheit nicht Schmalhans Küchenmeister, meine Herren! Auch an den Möbeln sieht man, daß der oberste Bürger seiner Stadt in Saus und Braus lebt. Kleine Häkeldecken hier, winzige Porzellanpüppchen dort, ein Teppich aus echter Seide, eine Sammlung Meißner Porzellan an der Wand, da ein Gobelin, hier vorne ein handgeschnitztes Tablett mit Kristallgläsern voll Likörchen, auch ein Fernseher allererster Güte glotzt aus der Ecke, wo die Hirschgeweihe ihr Zuhause haben, in einer Vitrine lebt eine teure Diamantenausstellung, und verschiedene Türen weisen den Weg in noch verwegenere Gemächer, man sieht wie zufällig in ein Badezimmer mit goldenen Wasserhähnen, vor der Wanne warten gläserne Schnabelschühchen auf einen kleinen Spaziergang,

dazu kräht ein Papagei einige Takte aus Verdis Oper Nabucco, und zwar hat der Vogel ein Kettchen um von echten Perlen, man kann sie im Zwielicht kaum von Butterkügelchen unterscheiden. Das Schlimme ist ein Elefantenfuß als Schirmständer. Dieser Mann ist gefährlich!
»Kommen Sie doch herein, meine Herren!« Falsch klingt diese Einladung und hinterfotzig. So bemerken es die beiden sofort. Schnell spannen sie die Lauscherchen auf, ob etwas *Ungewöhnliches* hier zu hören ist. »Kaffee? ... oder *Teeeee*?« Der Kopf des Bürgermeisters wird dabei seitlich auf die Schulter gelegt, es soll *Vertrauen* erwecken.
Kommissar Schneider will weder das eine noch das andere. Er beginnt umgehend mit der Befragung, die uns aber hier nicht interessiert.
Den Papagei quält eine einzige Frage: Was wollen die beiden fremden Herren bei seinem Bürgermeister (er weiß gar nicht, daß er der Bürgermeister ist)? Sie laufen immer ein paar Schritte vor und zurück, halten mit der einen Hand das Kinn fest, ziehen Falten auf der Stirn, drehen sich unwillkürlich um, zeigen. Was soll das. Doch dem Papagei geht es eigentlich gut, den Verhältnissen entsprechend. Er wäre auch lieber in freier Wildbahn, doch müßte er dort verhungern, weil er hier in der Wohnung des Bürgermeisters aus dem Ei geschlüpft ist und noch nie im Urwald war. Er weiß also nicht, wie man sich zu essen fängt, oder bei Papageien besser gesagt: ergattert.

»Haben Sie schon mal etwas von *Voodoo* gehört, Herr Kommissar?« Der Bürgermeister schwitzt. Die Fragen machen ihn verrückt, doch er hat immer eine tolle Antwort parat.
»Ja, ich kenne es aus dem Fernsehen.« – »Nein! Das ist nichts, ich meine echtes Voodoo, Herr Kommissar. Es sind Püppchen! Man tötet mit ihnen. Es ist verboten hier. Die

Filme, in denen Voodoo vorkommt, sind meines Erachtens kein gutes Mittel, um es zu erklären. Da wirkt immer alles so aufgesetzt.« – »Ja, Sie haben recht. Auf Wiedersehen.« Die Herren in den hellen Mänteln gehen weg. Als der Bürgermeister sich alleine wähnt, bricht er zusammen. Sein Papagei hilft ihm dabei.

»Ich habe das Gefühl, wir fahren in die falsche Richtung, Berto!«
Berto lenkt den Wagen. Er kann noch nicht so gut Auto fahren wie der Kommissar. Sie fahren einen Feldweg entlang, der links und rechts von Brombeersträuchern gesäumt ist.
»Halt mal an, ich will meiner Frau ein paar Brombeeren pflücken.« Berto hält den Wagen an, so daß der Kommissar aussteigen kann, dann fährt er ihn ein Stück weiter und wartet in einer Haltebucht. Kommissar Schneider sieht sich um, er ist allein. Er holt eine Plastiktüte aus der Manteltasche. Dann beginnt er mit Brombeerpflücken. Als er sich ungeschickt nach einer dieser leckeren Früchte bückt, rutscht er aus, denn es hatte geregnet, und die Erde ist aufgeweicht. Er ratscht sich den tollen Mantel an einem langen Brombeerzweig kaputt. Fluchend reibt er wie wild an dem Ärmel, der nicht mehr wiederherzustellen sein wird. Da fällt sein sauertöpfischer Blick wie zufällig auf etwas Dunkles am Boden zwischen den Büschen. Dem Kommissar stockt der Atem: hier mitten in der Wildnis, wo meistens keiner hingeht, liegt ein Mensch, er ist tot. Das heißt, was von ihm übriggeblieben ist, früher hatte er wohl mal Arme und Beine, jetzt ist das weggeschnitten. Daneben liegt unschuldig ein Fahrrad, an seinem Lenkrad baumelt noch ein Körbchen mit Brombeeren. Der Kommissar guckt sich mißtrauisch um und nimmt

das Körbchen an sich. Dann begibt er sich eiligen Fußes zum Auto.
»Fahren Sie weiter, Berto. Ich habe Hunger.« Berto setzt sich in Bewegung. Der lange Wagen macht einen Satz und braust davon. Im Fond sitzt der Kommissar und lutscht an ein paar Brombeeren, die ihm anscheinend gut schmecken, er hat die beste Laune.

»Haben Sie mir nichts zu erzählen, Herr Kommissar?« Berto dreht sich im Fahren um. »Na, na, na! Ich verbitte mir diesen Ton, mein lieber Berto, Sie scheinen zu vergessen, ich bin Ihr Chef!« Der Kommissar ist zu Recht unwirsch, ja ungehalten. Da greift sich Berto blitzschnell in die Manteltasche und zückt urplötzlich einen Revolver, der Kommissar weiß gar nicht, warum. Er zielt auf den Kommissar und will gerade abdrücken, vergißt einen winzigkleinen Moment das Lenkrad, da wird der schwere Wagen von einer Windböe gebeutelt! Es hat angefangen zu stürmen. Das ist die Rettung für den Kommissar, er hat jetzt die Möglichkeit, sich wie ein nasser Sack auf den Wagenboden hinten fallen zu lassen, dabei tritt er mit gewaltiger Wucht Berto die Pistole aus dem Handgelenk. Der schreit vor Schmerz auf. Wie ein Stehaufmännchen ist der Kommissar schon wieder oben und hat Berto im Polizeigriff fest, er packt mit angewinkeltem Unterarm durch die Schulter und zieht durch Hebelwirkung Bertos Arm über seine Rippen. Dabei jagt der Wagen über die nasse Fahrbahn. Die Scheinwerfer der entgegenkommenden Autos blenden die beiden Kampfhähne, sie kämpfen um Leben und Tod. Mit Getöse kracht der Wagen mit der Schnauze gegen einen Lastwagen, der nicht mehr ausweichen kann. Blutüberströmt hängt der Fahrer über seinem Lenkrad, seine Ladung ist über die gesamte Autobahn

verteilt. Da sind auch schon Fanfaren und Blaulicht. Der Kommissar quetscht sich durch das Windschutzfenster ins Freie, Berto liegt wimmernd, in Blech eingeschweißt, unter seinem Fahrersitz begraben, der Wagen hat sich verkehrtrum unter den LKW katapultiert. Aus diesem Blechhaufen kann Berto nicht mehr entfliehen, sein Körper hat sich sowieso mit dem teuren Auto vermengt, man weiß nicht mehr, wo Fleisch ist und wo Metall. Er stirbt mit den Worten auf den Lippen: ». . . Herr Ko. . .m. . .m. . .i. . .ssar, der . . .«, und dann kommt noch eine Art Husten oder so. Der Kommissar ist glücklicherweise kaum verletzt, das heißt, er hat eine Platzwunde auf der Stirn, ein Pflaster ist bereits schon draufgeklebt. Er konnte die Brombeeren retten, seine Hand gleitet in das Körbchen.
(Was war denn das, warum hat Berto durchgedreht? Oder wollte er ihn wirklich umbringen? Hat er vielleicht den Torso in die Büsche gelegt, nur um Kommissar Schneider zu prüfen, das heißt, ob der Kommissar vor ihm Geheimnisse hat? Warum schoß, oder besser, wollte Berto auf den Kommissar schießen? Warum gerade in diesem Moment? Hat er ihn gekränkt?) Der Kommissar wundert sich ein bißchen. Doch kann er keinen mehr fragen. Am wenigsten Berto. Ein bißchen allein fühlt der Kommissar sich schon. Die Brombeeren sind alle. Er hat sie alle aufgegessen.
»O Gott, ich wollte sie meiner Frau mitbringen!« Schnell geht der Kommissar in ein Blumengeschäft und holt Wicken oder so.

Ein langer Tag ist zu Ende gegangen. Vor dem Polizeipräsidium herrscht gähnende Leere auf dem Bürgersteig. Eine Putzfrau ist damit beschäftigt, die breite Freitreppe im Hauptportal des Gebäudes naß zu wischen. Immer und immer wieder schlenkert sie mit dem Wischmop Wasser aus dem Eimer auf die Stufen, um es dann wieder aufzunehmen, sie wringt das Ungetüm über dem Eimer aus und so weiter. Eine Taube fliegt in Richtung Stadtmitte ab, sie hatte vorher auf dem First gehockt. Ein letzter Sonnenstrahl zwinkert der Putzfrau kurz zu, bevor er verschwindet und einem bewölktem Himmel Platz macht. Die Nacht bittet um Einlaß!
Die letzten Stufen blinken wieder wie neu, die Frau macht sich das Tuch auf, das sie um ihren Kopf geschlungen hatte. Sie geht nach Hause. Als sie ihre Sachen gepackt hat und aus dem Haus heraustritt, muß sie ihren Schirm aufspannen, ein Platzregen ist hereingebrochen. Sollte ihre Arbeit für die Katz gewesen sein? Na ja, denkt sie, ist ja egal, ist ja bezahlt, und zwar besser wie die Scheiß-Maloche mit den Steckdosen, die man in Heimarbeit zusammenschrauben muß und wo man alles falsch macht und nachher gar nichts bekommt, wo man sogar viel Geld bezahlen muß, weil man etwas kaputtgemacht hat. Ihre Schritte tragen sie zur nächsten Straßenbahnhaltestelle. Sie ist auch dort allein. Sie ist zirka 50 Jahre alt, hat natürlich graue Strähnen, die sie auch nicht färbt, sie steht zu ihrem Alter. Und liften lassen kann sie sich sowieso nicht.
Der Bus kommt mit Verspätung. Die Frau steigt ein und begibt sich auf die Suche nach einem Sitzplatz. Es ist einfach, denn sie ist auch hier wieder allein. Keuchend schleppt sich der Bus durch die engen Straßen. Müllberge, abgemeldete Autos, kein spielendes Kind mehr, die Nacht ist da. Ein unbewußter Schleier liegt über der Stadt. Wo sonst schreiende Zigarettenverkäufer und Blumenmädchen die Straßen verzaubern, herrscht nun Stille. Es erinnert an ein Gemälde von

Heinrich Mann. Denn es ist ja noch nicht dunkel, wie gesagt, die Nacht kommt jetzt gerade. Im Schutze der Nacht steigt die Frau aus dem Bus und läuft schiefhackig den Bürgersteig entlang, nur noch wenige Schritte bis zu ihrer armseligen Behausung. Eine Mietskaserne der Superlative trotz dem seidenmatten Himmel. Auch hier wieder: Thomas Mann! Die Gefühle sind unbeschreiblich. Hier der unerhörte Reichtum des Bürgermeisters, da die schnöde Einsamkeit in selbstgewählter Armut der Frau, kein Likörchen, kein Teppich, nur abgelatschter Linolersatz auf den Dielen. Hier fühlt sich die Frau wohl, sie ist daran gewöhnt. Nachdem sie die Haustür aufgeschlossen hat, guckt sie zuerst in den Briefkasten. Endlich, mit fiebrigen Fingern hält sie triumphierend einen Briefumschlag in der Hand. Inhalt: die lange erwartete Autogramm-Postkarte ihres Idols. Es handelt sich um keinen geringeren als eine bekannte Persönlichkeit aus dem öffentlichen Leben. Doch sie versteckt die Karte, es ist ihr ein bißchen peinlich. Wie oft hatte sie schon von ihm geträumt, wie gerne würde sie ihn wirklich aus der Nähe sehen. Einmal hat es fast geklappt, sie hielt sich den ganzen Tag vor seinem Haus auf, da kam er fast heraus, doch seine Frau hat ihn wieder reingerufen, zum Essen. Es ist Kommissar Schneider. Die Frau steigt die Treppen hoch. Sie schließt die Tür auf und geht in die Wohnung. Da stellt sie ihre Tasche in die Küche auf den Tisch und packt den Inhalt aus, verstaut ein paar Teile im Kühlschrank. Den Spinat legt sie ins Kühlfach. Ihr Sohn hatte ihr zu Weihnachten dieses Modell geschenkt, vorher hatte sie kein Eisfach. Jetzt hat sie das Gefühl, sie könne auf diesen Luxus nicht mehr verzichten. Aus dem Eisfach fällt ein gefrorenes Huhn ihr vor die Brust, mit den Ellenbogen schiebt sie das Ding wieder zurück an seinen Ort. Schnell die Tür zu. Ihre Zungenspitze guckt keck zwischen den Zähnen hervor, als sie sich emsig, nachdem sie in der Küche alles erledigt hat, ins Wohnzimmer bewegt. Dort steht ein Terrarium. Sie nimmt den Deckel ab und macht sich daran, in dem Ding aufzuräumen. Ihr ganzer Stolz ist ein kleiner Frosch, den sie selbst aus einem Froschlaich gezüchtet hat. Der kleine Kerl ist so groß wie ihr Fingernagel vom kleinen Finger. Sie sieht ihn lustig zwischen den Porphyrsteinen rumhüpfen. Er hat sogar einen Namen, er heißt Salamander-Jones. Sie findet die Kinofilme so toll mit dem. Sie spricht mit ihm: »Na, wie geht's. Ich habe dir heute keine Grille mitgebracht, es war schon zu spät. Morgen gehe ich ins Zoogeschäft.« Sie nimmt einen Stein hoch und will unter ihm saubermachen, da rutscht der glitschige Stein ihr unbeholfen aus der Hand und begräbt den kleinen Frosch unter sich. Es macht ein Geräusch, wie wenn man eine Erbse mit dem Daumen zerdrückt. Unter dem Stein quillt eine Flüssigkeit hervor, der Frosch ist tot. Die Frau nimmt den Stein hoch, und an dem Stein hängen ein paar feuchte Fetzen, sie knibbelt mit dem Zeigefinger da dran rum, doch man kann nichts mehr machen. Nun ist das Terrarium gänzlich ohne Leben, der Frosch war der einzige Gast. Die Frau ist leichenblaß, sie stammelt vor sich hin, und sie schluchzt. Was für ein jämmerliches und vor allen Dingen doofes Ende für den armen Frosch. Sie nimmt das Terrarium mit beiden Händen hoch und schmeißt es gegen die nächste Wand. Mit lautem Geschepper zerspringen die Glasscheiben in tausend Stücke, Steine und Erde klatschen an die Tapete, fallen runter. Ohne aufzuräumen macht die Frau nun das, was sie schon öfter gemacht hat. Sie geht vor ihren Kleiderschrank und öffnet ihn. Im Schrank hängt ein grauer Anzug, ein großer Mantel, Hemd, Socken liegen im Fach, unten stehen Stiefel. Alles ist ihr ein bißchen zu groß. Sie zieht sich schnell aus und pfeffert ihre Klamotten in die Ecke. Sie zieht erst das Hemd an, dann den Rest. Nach wenigen Minuten steht sie da. Sie ist kaum wiederzuerkennen: breit laden ihre Schultern aus, und sie trägt die Stiefel. Sie sieht aus wie ein *Mann!* Mit einem teuflischen Grinsen greift sie noch einmal in den Schrank und befördert eine ausgediente Chappidose aus dem Dunkeln. Sie steckt sie in ihre Manteltasche, die Dose beult etwas aus. Sie verläßt die Wohnung. Wieder auf der Straße, zieht sie sich den Hut etwas tiefer in die Stirn, den sie noch von der Garderobe genommen hatte. Ihre Schritte verhallen ungehört in der Straßenflucht. Hohe Häuser säumen eine Gestalt, die nichts mehr mit dem gemein hat, was vorher hier zu sehen war. Diese Person führt nichts Gutes im Schilde. Sie will *töten!*

Aus dem Büro des Kommissars fällt ein geißelnder Lichtstrahl herb in das Gesicht des Busfahrers, der für einen Moment lang geblendet ist. Er reißt das Lenkrad rum und gibt Gas. Kommissar Schneider ärgert sich. Immer, wenn der Bus am Präsidium vorbeigeht, rappelt es im Aktenschrank. Das irritiert ihn bei seiner Arbeit, die sowieso schwerer ist als andere Arbeit. Er muß nachdenken. Es gelingt ihm nun nicht mehr. Er nimmt den Telefonhörer ab und wählt eine Nummer. »Guten Tag, hier spricht Kommissar Schneider. Ich hab mal eine Frage: Ist es möglich, daß man bei Ihnen noch Essen bestellen kann?« Am anderen Ende sind Stimmen zu hören. Nach einer Weile bedankt sich der Kommissar und legt auf. »Berto! Kommen Sie, es gibt gleich Essen!« Einen Moment lang stutzt er jetzt, dann fällt ihm ein, daß Berto umgekommen ist. Er steht auf und geht auf den Flur hinaus. An der nächsten Bürotür hält er inne, drinnen sitzt ein Beamter. »Hey, Sie da. Es gibt gleich Essen.« Der Kommissar geht weiter. Er schlendert mit hängenden Schultern durch den Bau. Die Nachtschicht ist immer besonders langweilig, wenn nichts passiert. Der Kommissar weiß nicht weiter. Er hat den ganzen Tag telefoniert, um herauszubekommen, wer der Mörder ist. Keine Spur bis jetzt, außer zum Bürgermeister. Kommissar Schneider grübelt über den Bürgermeister nach. Er käme schon als Täter in Frage, wenn er nicht so einen Posten hätte. Die Größe stimmt. Es muß sich um eine schwere Person handeln, weil die Fußspuren im Park tief eingedrückt waren. Mit durchgedrückten Knien geht der Kommissar durch den Flur. Er stampft unbewußt etwas fester als sonst auf den Boden. Da zerbricht eine der Bodenfliesen unter der Wucht seiner Hacke. Der Kommissar wiederholt wie in Trance dieselbe Bewegung mit dem anderen Fuß, da, schon wieder eine Kachel kaputt. Er bekommt einen Geistesblitz! Wie ist es, wenn der Frauenmörder gar kein Mann ist, sondern eine Frau? Kann nicht auch eine Frau schwer sein und tiefe Abdrücke im Boden hinterlassen? Hat nicht Kommissar Schneider selbst gerade bewiesen, daß es nicht auf die Größe ankommt, sondern auf den Willen, die Durchschlagskraft? Da kommt auch das Essen.

Diesmal schmeckt dem Kommissar das Essen, es ist Erbsensuppe, besonders gut. Er ißt alles auf und gibt dem Wachtmeister gar nichts ab.

Als er aufgegessen hat, will er seine Fahndung erweitern, dazu gehört ein größerer Polizeiapparat. Er geht nach Hause und kommt am nächsten Tag sehr früh zur Arbeit. Sein Vormittag ist damit gefüllt, Rekruten zu bekommen, die er nach eigenen Ideen ausbilden will, um den Frauenmörder endlich zu schnappen. Er erreicht, daß sich um die Mittagszeit einige junge Männer und Frauen bei ihm vorstellen wollen. Der Kommissar sitzt hinter seinem Schreibtisch, als der erste anklopft.

»Guten Tag, ich will mich vorstellen als Polizist!« – »Kommen Sie rein!« Als der Anwärter ein paar Schritte auf den Kommissar zumacht, hechtet derselbe aus seinem Schreibtischsessel und schlägt den jungen Mann von hinten mit einem Handkantenschlag zu Boden. Dann stellt er sich blitzschnell auf seinen Rücken und reißt den linken Arm des Liegenden hoch an seine Rippen. Er dreht ein wenig an der Hand, so lange, bis es knackt. Mit einem ausgekugelten Arm unterschreibt der Polizist seinen Vertrag bei Kommissar Schneider. Unter anderem lautet ein Punkt in dem Vertrag: ... hiermit unterschreibe ich auch, daß Kommissar Schneider keine Widerworte gegeben werden dürfen, und man muß ihm, wenn man Essen geht, immer einen ausgeben, weil der Kommissar Schneider (im Folgenden lediglich »Kommissar« genannt) ansonsten dem Unterzeichnenden kündigen kann. Auf die Art und Weise bekommt Kommissar Schneider eine ansehnliche Truppe zusammen. Nun heißt es: An die Arbeit.

»Nun heißt es: *An die Arbeit!*« Der Kommissar ist gut gelaunt. Mit der neuen These, daß es sich eventuell auch um eine Frau handeln kann, fühlt er sich wie befreit.
Und ob der Kommissar recht hat! Die Frau mit dem kaputten Frosch geht nämlich allein durch den Wald, in Herrensachen!

Als der Kindergarten fast schon total leer ist, macht sich die Kinderschwester Gertrud an ihre eigentliche Aufgabe, sie fegt die Essensreste von dem kärglichen Mittagsmahl unter den Teppich im Spielzimmer. Die Kinder, die das Pech haben, in diesen Kindergarten zu gehen, werden überhaupt nicht beachtet. Ihren kindlichen Wünschen wird nicht entsprochen, und die Eltern, denen es egal ist, wo die Gören ihren Tag verbringen, Hauptsache nicht bei denen zu Hause, zahlen bereitwillig den monatlichen Beitrag. Morgens um sieben geben sie ihre Früchtchen vor dem Gartenzaun des Geländes ab, danach sind sie sich selbst überlassen. Ganz klar, daß diese Kinder später verwildern, denn Kinderschwester Gertrud ist nicht gut zu ihnen. Wenn sie ihr Essen nicht mögen, bestreicht sie ihre Augenlider mit Senf oder ähnlichem. Es ist schlimm. Die Kinder können sich in dem Alter kaum wehren. Außer: sie formieren sich zu einem größeren Trupp. Das wollen sie morgen machen. Sie wollen Kinderschwester Gertrud kaputthauen, und zwar mit ihrem eigenen Stock, mit dem sie sonst immer Prügel beziehen, wenn sie in die Hose machen. Doch Kinderschwester Gertrud kommt am nächsten Tag nicht zur Arbeit. Sie ist *ermordet worden!*

Als der Kommissar diese Nachricht bekommt, ist er wieder ganz der Alte, auf seiner Stirn ziehen sich lüsterne Falten zusammen. Er ballt seine Rechte zur Faust und schlägt einmal schwer auf den Schreibtisch. *Bumm!* Jetzt reicht's ihm! Er will heute noch das Monster schnappen. Und wenn es wer weiß was kosten würde. Er springt auf, um mit seinem Auto und seinem Team am Tatort anzurücken. Mit wehenden Haaren zischt er wie eine Rakete durch das Präsidium und trommelt seine Leute zusammen. Die Nachricht von der ermordeten Kinderschwester Gertrud hat ihm ein Anruf gebracht. Die Stimme klang aufgeregt, und der Anrufer stotterte. Dabei wollte er aber seinen Namen nicht nennen. Kommissar Schneider dachte darüber nach, daß es immer das gleiche ist, die Leute wollen sich doch immer aus allem raushalten. So, als hätten sie Angst vor etwas Unheimlichen, etwas Überdimensionalen. Sein Wagen stiebt Feuer aus dem Auspuff. Er rast durch die Stadt und kommt als erster an. So hat er die Möglichkeit, noch vor den Fotografen die Leiche zu untersuchen. Er hat sie vor sich liegen, der Kopf der Leiche ist puterrot angelaufen, mehr blau sogar. Die Augen weisen in eine bestimmte Richtung. Der Kommissar sucht die Gegend ab, mit besonderem Augenmerk auf die Stelle gerichtet, wo Schwester Gertrud hinschielt. Was ist denn da? Er geht gebückt den Weg entlang, um ganz nahe am Boden zu sein. Nur dort kann es Spuren geben, weil oberhalb des Weges die Bäume erst vor kurzem gestutzt worden waren. Da fällt ihm folgendes auf: an einem Ast, der, im Gegensatz zu den anderen Ästen, etwas länger über dem Weg hängt, baumelt ein Haar. Ja, ein Menschenhaar, der Kommissar hat es mit seinem Adlerauge sehr schnell ausgemacht. Er nimmt es sachte vom Ast und schaut es sich mit seiner Polizeilupe genauer an. Als er die in entgegengesetzter Richtung verlaufenden Riefen in der Haarschutzschicht sieht, die das menschliche Haupthaar ummanteln, ist er überzeugt davon,

daß es sich um ein Haar des Täters handelt, denn bei einem Kampf um Leben und Tod wird normalerweise auch das Haar in Mitleidenschaft gezogen. Hier kann es sich deshalb nur um ein Haar des Täters handeln, weil Schwester Gertrud keine Haare mehr auf dem Kopf *hat*.
Oder sollte sie zusätzlich von dem Täter noch geschoren worden sein? Kommissar Schneider wird es in Erfahrung bringen. Man braucht nur im Kindergarten nachzufragen, ob die Kinderschwester Gertrud Glatze hatte. Da treffen auch schon die unvermeidlichen Pressefritzen ein. Kommissar Schneider nimmt sein neues Indiz mit und verläßt den Fundort der Leiche. Sein nächstes Ziel: das arabische Museum. Er parkt den Wagen längs zur Querseite des riesigen Gebäudekomplexes. Das Wagendach schimmert befremdend in der Sonne. Es dampft noch von dem Waldnebel. Nur drei Mark kostet der Eintritt in die frühherodische Ausstellung. Die Frau an der Kasse sieht nett aus, sie ist zirka fünfzig Jahre alt. Der Kommissar zwinkert ihr zu. »Gibt es eine Führung?« – »Nein, Sie müssen schon selbst zurechtkommen! Hier geht's los.« Die Frau zeigt auf den linken Eingang. Mit großen Schritten durchmißt der Kommissar den ersten Raum, hier ist nicht das zu finden, was er sucht. Auch im zweiten Zimmer ist nichts. Bald hat er die ganze untere Etage durch. Irgendwo muß es doch die Höhlenmalerei geben, wo man deutlich erkennen kann, daß der Künstler eine bestimmte Kratztechnik verwendet hat und nicht, wie bei den üblichen Wandmalereien, Stöcke mit selbstgekochter Farbe, die eingerächert wird. Und schon steht er vor dem Bildnis. Eine Kordel trennt den Zuschauerraum von dem Exponat ab. Der Kommissar dreht sich einmal um, bevor er einen Haken löst, um die Kordel anzuheben und drunterherzuklettern. Er fährt mit seinen Händen über das Kunstwerk und hält an einer bestimmten Stelle inne. Noch weiß er nicht, daß er beobachtet wird.

Unter der Deckenbeleuchtung ist eine moderne Sucherkamera eingebaut, um Diebe abzuschrecken. Das weiß der Kommissar zwar, doch er bemerkt nicht den Wächter, der sich auf leisen Sohlen anschleicht. »Hey! Sie da? Was machen Sie da!?« Schnell packt er sich den Kommissar von hinten. Geistesgegenwärtig fährt der Kommissar in seine Tasche und befördert eine chemische Keule ans Tageslicht. Damit legt er den Wächter schnell flach. Doch auch der Kommissar ist benommen von dem Gift. Er schleppt sich torkelnd über die Gänge, um sich von der netten Frau hüstelnd zu verabschieden. Er steigt ins Auto und fährt los. Weil er kaum was sieht, nimmt er unglücklicherweise eine Frau mit Kinderwagen auf die Stoßstange seines Straßenrenners. Er bemerkt es erst viel später, der Kinderwagen klebt zerfetzt an der Kühlermaske, als er eine Pause macht, um einen Apfelsaft in seiner Stammkneipe zu trinken, und an dem Wagen vorbeigeht, nachdem er ihn auf den Parkplatz gesetzt hat. Ärgerlich reißt er die Überbleibsel des häßlichen Unfalls von seinem Schmuckstück. Er weiß nichts von seiner Untat. Ob man ihn deshalb verurteilen wird? »Herr Ober, ein Apfelsaft!« und der Apfelsaft kommt sofort. Schnell trinkt der Kommissar das Glas aus, er muß weiter.
Das hier muß der Kindergarten sein, wo Schwester Gertrud gearbeitet hat. Die Wagentür schnappt zu. Mit dem linken Schuh tritt der Kommissar in einen Hundehaufen, ein sehr großer Haufen. Von einem Bernhardiner wahrscheinlich. »Ba!« Angeekelt schlackert er die Kacke ab, dann wischt er den Schuh seitlich an ein paar Grashalmen ab. Es geht nicht ganz ab. Er nimmt ein Papiertaschentuch aus dem Mantel und wickelt sich eine Ecke davon um den Zeigefinger der rechten Hand, spuckt einmal drauf. Dann reinigt er die letzten Kackreste aus dem Profil der Sohle. Verschämt macht er das Taschentuch zu einem Knubbel und wirft ihn in einem unbeobachteten Augenblick hinter die Büsche. Es regnet.

Es ist so, als hätten die Kinder schon auf den Kommissar gewartet. Hinter der Glastür zeichnen sich ein paar Schatten auf dem Parkett ab. Es sieht nur aus wie Parkett, es ist Kunststoff-Fußbodenbelag. Der Kommissar will die Türe aufstoßen, da brandet ein markerschütterndes Geschrei auf! Wie von tausend Teufeln in die Atmosphäre entsandt, stehen die grausamen Kinderschreie ein paar Sekunden lang in der Luft, die zum Zerbersten angeschwollen ist. Dann der Angriff! Vierzig Kinder mit ausgezehrten Gesichtern, Kinder, die nie lachen konnten, weil Schwester Gertrud es ihnen anders befahl, mit haßerfüllten, verschlagenen Augen, fliegen auf Kommissar Schneider zu, und einer hat ihn schon an der Kehle. Damit fertig zu werden ist kaum möglich, auch für Kommissar Schneider nicht. Er rutscht aus und schlägt mit dem Hinterkopf auf den harten Boden, Blut schießt ihm unter die Augen. Einer der Kleinen haut mit dem Gebrüll eines Löwen mit einem Wischmop zu, das Ding dringt dem Kommissar tief in den rechten Oberarm ein. An seinen Beinen zappeln gleich mehrere Kinder, ein Mädchen beißt mit Leibeskräften in seine Waden. Schon ist sein schöner Mantel blutig. Wie in Rage schlagen sie auf ihn ein. Erst später merken sie, daß es gar nicht ihre »geliebte« Kinderschwester Gertrud ist! Sie lassen zitternd von dem Kommissar ab, der sich in seinem Blut wälzt und stöhnt. Sie haben den Falschen erwischt. Die Kinder rennen schnell weg. Der Kommissar ist urplötzlich allein.
Sein Blick fällt auf eine Fotografie, auf der die Kinder zu sehen sind. Und Schwester Gertrud. Sie sitzt auf einem Schlitten, und die Kinder müssen sie ziehen. Obwohl kein Schnee ist. Man sieht die Kufen des Schlittens, wie sie Funken machen auf dem Asphalt. Doch das eigentliche Aufregende ist dies: Kinderschwester Gertrud hat eine *Glatze!*
Der Kommissar ist zufrieden. Er kriecht an sein Auto, muß aber noch einmal zurück, weil er den Autoschlüssel auf dem

Weg verloren hat. Er findet ihn nach einer Weile und kann endlich nach Hause.
Seine Frau wartet schon mit dem Essen. Der Kommissar setzt sich an den Tisch und verschlingt alles mit Schmatzen. Seiner Frau ist nicht aufgefallen, daß er verwundet ist. Sie interessiert sich nicht mehr für ihn, seit sie in Italien waren.

Sein Wagen muß zur Werkstatt, wegen Ölwechsel und Lichtprüfung, so nimmt der Kommissar heute mal seine lediglich sechzig Zentimeter hohe Mofette. Das Ding talbt mit einer Endgeschwindigkeit von vierzig Stundenkilometern quer durch die City. Obendrauf hängt Kommissar Schneider wie ein Affe auf dem Schleifstein, sein hochstehender Kragen trotzt dem Fahrtwind, er trägt eine enganliegende Brille aus Kunststoff.
Plötzlich sieht der Kommissar links am Fahrbahnrand im Rinnstein etwas Haariges schimmern. Es ist ein Männersack, von irgend jemand irgend jemandem abgeschnitten. Eigentlich hat der Kommissar damit nichts zu tun. Dies ist ein anderer Fall. Trotzdem hält er kurz an, um einen Blick drauf zu werfen. Er stellt sogar seinen rasenden Untersatz ab. Mit der einen Hand zieht er sich die Brille vom Gesicht, die andere Hand hat bereits eine Pinzette zur Hand und ein kleines Tütchen. Der Kommissar tut das Scrotum in die Tüte, es ist ein Fall für den Gerichtsmediziner, da muß er sowieso hin, wegen dem Haar, das er im Wald gefunden hatte. Aber erst mal geht er eben Lebensmittel einkaufen. In dem Geschäft, wo seine Frau immer einkauft, kann er anschreiben lassen. Er geht durch die Regalgänge, findet hier und da was zum Mitnehmen.
»Guten Tag, Herr Kommissar!« Ein überlebensgroßer Schatten ist direkt hinter dem Kommissar. Der Kommissar erschrickt, könnte es doch wieder Beethoven sein! Doch die Stimme ist ihm sofort vertraut, es ist der Bürgermeister. »Auch einkaufen?« Der Kommissar spricht mit Nachdruck, seine Stirn zieht tiefe Falten, er will wohl älter wirken.
»Ja, Sie wissen ja, meine Schwester ist verschwunden, so muß ich mich um mich selbst kümmern.« Der Kommissar schweigt. »Wissen Sie, so eine Schwester ist eine gute Erfindung. Sie kann, wenn man nicht heiratet aus beruflichen Gründen, genauso für einen sorgen wie eine richtige Frau.

Ach, käme sie doch wieder. Sie hatte einen unwahrscheinlichen Putzfimmel, jetzt wird alles schmutzig.« Der Kommissar grübelt. »Was meinen Sie, könnte Ihre Schwester dem Frauenmörder zum Opfer gefallen sein?«
»Tja, warum nicht. Sie war eine ausgesprochene Männerhasserin, da ist es nicht verwunderlich, daß es dann umgekehrt kommt. Auf Wiedersehen.« Der Bürgermeister läßt den Kommissar einfach stehen.
Als der Kommissar nach draußen kommt, muß er feststellen, daß Leute sein Mofettchen geklaut haben. Er sieht sogar noch die kleine Rauchwolke am Silvesterhimmel verglühen. Verdammt, entfährt es ihm. Er ist total sauer. Bei dem Gedanken daran, daß die Diebe mit dem in der Satteltasche liegenden Männersack wohl kaum was anfangen können, wird ihm aber wieder wohl. Nun muß er zu Fuß zum Gericht.

Der Mann ist zirka 55 Jahre alt und sieht aus wie aus dem Fernsehen. Er hat eine kratzige Stimme und einen verschlagenen Blick, er trägt ein kariertes Hemd und ein Halstuch. Sein Assistent ist Japaner, er trägt Pullover ohne Kragen. Der Gerichtsmediziner hält sich das Haar ganz nahe vor die Nase, in seinem Auge hat er eine Art Monokel eingeklemmt. Er raucht eine dünne Zigarette. Die Asche beschreibt eine lange Kurve nach unten. Ohne daß die Asche runterfällt, redet der Mann mit seinem Gehilfen. »Hier, die Riefen weisen in jeweils verschiedene Richtungen, ganz klar, eine Rauferei, ein Kampf hat hier stattgefunden. Die Haarfarbe ist braun-grau. Das Alter der Person, und ich sage bewußt Person, ist zirka 50 Jahre alt, kann auch 52 sein. Sie, es ist nämlich eine Frau, hat ein Männerparfum aufgelegt, ich rieche es förmlich. Okohao! Bring mir den Haar-Hobel! Ich will

mal sehen, wie es im Haupthaar aussieht. Hier, sehen Sie, Herr Kommissar: Eine Beule im Haaransatz, oberhalb der Wurzel, aber noch in der Kopfhaut. Das bedeutet, die Person hatte kurz vorher etwas zu sich genommen, und zwar ein Getränk. Bei fester Nahrung wäre die Beule länglich und härter, hier ist schnell getrunken worden, da sieht man die Beule ein bißchen schimmerig.
Ich mache jetzt eine Teilung, so kann man eventuell sogar sagen, in welchem Stadtteil die betreffende Person wohnt bzw. arbeitet. Da, wo sie die meiste Zeit verbringt, ist nämlich ausschlaggebend.« Der Assistent kommt mit dem Haar-Hobel. »Hiel, Hell!« Er gibt dem Gerichtsmediziner das Gerät, es ist groß wie eine Nähmaschine und wiegt einen halben Zentner. Es ist nicht einfach, so ein dünnes Haar überhaupt da einzuspannen, aber dem Gerichtsmediziner gelingt es sofort.
Er schaut durch eine Okularlinse in das Innere des Hobels, jetzt kann er mit Hilfe von elektronisch gesteuerten Ärmchen den Vorgang auslösen. Die lupenähnliche Sehöffnung gibt den Blick auf zwei mannshohe Hobel frei, die von beiden Seiten das riesige, wie ein Mammutbaum wirkende Haar aufschaben. So kommt man in den inneren Kern. »Hier, sehen Sie?« Der Mann zeigt dem Kommissar den Sehschlitz. »Sie können nun erkennen, daß das Haarinnere etwas brüchig ist. Das deutet darauf hin, daß in dem Gebiet, wo die Frau wohnt, das Trinkwasser sehr hart ist. Moment noch... (Er fummelt mit den elektronischen Armen an dem Kern des Haars herum) ... Da! Es zerbröselt ja! Hier ist der Fall klar, es handelt sich um den Stadtteil Koquinox, nur dort ist das Wasser so hart und gleichzeitig nitratschöpfend, so daß die Menschen schon früh Haarsenilität haben. An der Außenhaut haben wir gesehen, daß die Frau 52 Jahre alt ist, und wenn man das eigentliche Innenhaar dazu analysiert, wird zwangsläufig sich folgendes herauskristallisieren: 52 Jahre

alt, wohnhaft in Koquinox, unverheiratet, allein lebend, gewalttätig.« Der Kommissar staunt. »Ja, woher wollen Sie denn das alles wissen?« Seine Augen fallen bald aus dem Kopf. »Ich *weiß* es eben!« Der Gerichtsmediziner wird barsch. Mit einer unwirschen Handbewegung reißt er das Haar aus dem Gerät und gibt es Kommissar Schneider zurück. »Hier, ich habe auch noch was anderes zu tun, auf Wiedersehen!« Er drückt dem Kommissar die Klinke in die Hand und macht sich mit seinem Diener von dannen.

Koquinox.

Der Stadtteil Koquinox legt sich wie ein tonnenschweres Kummet um den Hals des Kommissars. Die undurchdringliche Mystik, das Chere de Satan, hier lebt es, obwohl tot. Grauenhafte Bilder promaterialisieren sich im Hirn des Kommissars, als er die erste Straße zaghaft mit seinen Fußspitzen berührt. Er muß hindurch, will er den Täter überführen. Schatten wachsen aus dem teergeflickten Asphalt, links und rechts. Kaum zu sehen die Umrisse von Gestalten, doch der Kommissar riecht die Anwesenheit von Menschen. Und da, ein paar Jungen mit eindeutigen Gebärden begleiten ihn durch die hohlen Furchen der Trabantenstadt. Der Kommissar verschüchtert sich, er will keine Aufmerksamkeit erwecken. Er biegt die Schultern nach innen und versucht, mehr als geradeaus zu gehen. Seine Schritte bewegen sich nach vorne innen, mit gesenktem Kopf will er entschwinden, nur schnell an seinem Ziel sein. Bevor die Gangster ihn behelligen. Bevor sie ihn in ihre aufgesteckten Stahlfinger mit messerscharfen Krallen laufen lassen. Bevor sie ihn allemachen.

Schon spürt er den heiseren Atem des ersten hinter sich, direkt über seinem Hals. Und auch die zweite Rotznase, da. Sie zwingen ihn zum Anhalten. Der Kommissar zählt kurz die Füße der Angreifer, teilt sie durch zwei. Es sind nur fünf Männer, jedoch zum Äußersten entschlossen. Sie sind nämlich arbeitslos. Der Kommissar versucht, seine Haut zu retten: »Hey, Jungs, wollt Ihr 'ne Zigarette? Hier!« Er schnippt ein paar Zigaretten aus der Schachtel, die er schon die ganze Zeit krampfhaft in der Hand hält. »Hey, der Oppa hat Kippen, Leute! Was haltet ihr davon!?« Allgemeines Gegröle. »Gib!« Sie werden ihm aus der Hand gerissen. Schneller wie die kann man gar nicht rauchen, sie hatten wohl schon geraume Zeit keine Zigaretten mehr gehabt. Sie verschlingen den Qualm und blasen ihn dem hilflosen Kommissar frech ins Gesicht. »Was gibt's noch!?« Der Stärkste durchsucht den Kommissar, findet plötzlich seine Polizeimarke. »*Hey*, ne Hundemarke!!« Einer der Jungs bekommt Panik, er will dafür sorgen, daß der Kommissar tot ist und nicht mehr aussagen kann vor Gericht. Er zieht eine Knarre und drückt sofort ab. Die Kugel schlägt nervös in den Körper des sich bereits tot fühlenden Kommissars ein. Der Kommissar bricht zusammen. Seine Leiche liegt verlassen auf dem graublauen Straßenbelag. Blut – Autoöl – Staub, der ewige Nieselregen mischt die Farben zu einem einzigartigen Gemälde. Nolde.
Die Halbstarken sind blitzschnell abgehauen. Der Schuß zerplatzte im Universum wie eine gellende Explosion, fast so schlimm wie der Supermarkt, der in die Luft ging. Die Waffe schmeißen sie in den Fluß. Hechte wundern sich über einen fremdartigen Fisch, der nicht sprechen kann.

Wie üblich, geht die Putzfrau um dieselbe Zeit wieder nach Hause. Sie hatte wie immer die Treppen des Polizeipräsidiums zuletzt gewienert. Dann hat sie den Bus genommen. Sie steigt an der letzten Haltestelle aus. »Endstation: Koquinox!« hatte der Fahrer gesagt, erschöpft von einem langen Tag. Und jetzt muß er noch zurück ins Depot. Eine Schnitte mit Käse ist sein kärgliches Mahl. Er verschlingt sie hastig, legt den zweiten Gang ein, weil der Bus jetzt leer ist, und donnert mit rappelnden Trittbrettern in Richtung Centrum.

Die Frau geht einsam durch die Straßenschlucht. Weit am Horizont sieht sie ihre Mietskaserne warten. Halb widerwillig, halb erwartungsvoll geht sie daher. Heute ist sie besonders aufgeregt, sie hat die Ereignisse der letzten Nacht noch nicht verdrängt. Ein Röcheln weckt sie aus ihrer Umnachtung, die sie nach jedem Mord befällt. Das unterscheidet sie von anderen Mördern, die danach beruhigt sind. Sie weiß nichts von ihrem Tun, deshalb wundert sie sich über manch merkwürdige Sachen. Wie kommt zum Beispiel der Herrenanzug in ihren Schrank?

Das Röcheln ist der Kommissar Schneider. Er liegt gekrümmt im Rinnstein in einer riesigen Blutlache. Die Frau bemerkt ihn erst, als sie direkt vor ihm steht. Ein Schrei der Überraschung fährt aus ihrem Mund. Sie schreckt zurück, ihre Augen weiten sich vor Angst. Schnell dreht sie sich fahrig um, ob sie auch wirklich allein ist. Keine Menschenseele zu sehen. Sie beugt sich über den Kommissar und flüstert ihm ins Ohr: »Hallo, hallo, was ist mit Ihnen?« Der Kommissar kann nicht antworten. Er ist schwer angeschlagen. Die Kugel hat millimetergenau das Herz verfehlt. Seine Rettung war die Zahnklammer, die er zum Richten seiner Zähne immer bei sich führt. Nur nachts tut er sie rein, aber meist legt er sie heimlich unter sein Kopfkissen, damit seine Frau denkt, er hat sie an. Er bekommt sonst totalen Ärger.

Der Kommissar wird wach. Die Frau hatte ihn mitgenommen und ihn verbunden. Die Kugel steckt zwar immer noch, doch ist es ungefährlich. Nur weh tut es. Doch der Kommissar ist Schlimmeres gewohnt, hat er sich doch vor ein paar Jahren neue Haare einpflanzen lassen. Jedes einzelne Haar mußte praktisch wie mit einem Spaten in die Kopfhaut eingepflanzt werden, und zwar ohne Betäubung. Dazu mußte vorher die Kopfhaut aufgerauht werden mit einer scharfen kleinen Harke.

Er schlägt die Augen auf und sieht, wie eine fremde Person sich über ihn beugt. Als diese Person bemerkt, daß der Kommissar wach ist, klatscht sie in die Hände. »Aufstehen, aufstehen! Schönes Wetter draußen!« Sie reißt die Vorhänge auf. Der Kommissar sieht auf die nächste Häuserwand. Er ist immer noch in Koquinox. Eine Tasse Kakao bringt ihn wieder auf die Beine. Zunächst einmal wird er sich bei der Frau bedanken. Er gibt ihr zum Dank eine Autogrammkarte von sich.

Zurück in seinem Büro, wird der Kommissar das Gefühl nicht los, dem Mörder ein zweites Mal begegnet zu sein. Das erste Mal fällt ihm nicht ein. Aber das zweite Mal war gestern, an Silvester. Überhaupt, eine merkwürdige Silvesternacht. Früher hatte man Raketen abgeschossen und gefeiert, jetzt ist es so, als gäbe es den Jahreswechsel nicht. Alles läuft seinen gewöhnlichen Gang. Die Welt will sich nicht weiterdrehen. Sie hat Angst davor, daß eines Tages die letzte Drohung kommt.

Die Phantombilder, die der Polizeizeichner heute fertiggestellt hat, sind interessant. Zwei große Bleistiftzeichnungen hängen in Sehhöhe gegenüber vom Schreibtisch des Kommissars. Der Kommissar liest schon den ganzen Morgen

zwischen den Strichen der Zeichnung, ob noch mehr daraus zu erkennen ist. Kein Zweifel, er kennt das Gesicht. Doch woher? »Tee!?« Ein Gesicht wird um die Ecke geworfen. Es ist die Polizeisekretärin, sie hat Tee gemacht. Er dampft aus der Kanne. Der Kommissar schüttet sich ein Täschen voll. Er schlabbert wieder. Schlürfend, weil noch heiß, sabbelt er aus der Sammeltasse. Der Tee schmeckt außerordentlich lekker. »*Mhhh!* Lecker!« und »Frau Weseloskie! Lecker! Lekker!« Der Kommissar ist außer sich vor Vernügen.
Er trinkt die ganze Kanne in wenigen Minuten leer. Der Zeichner kommt ein drittes Mal rein und heftet ein Bild an die Wand. Diesmal mit einer anderen Frisur. Der Kommissar hatte ihm aufgetragen, eine Damenfrisur mit Dauerwelle einzuarbeiten. Und jetzt springt der Kommissar auf. Plötzlich erkennt er das Gesicht. Es ist die Frau, die ihn in Koquinox gefunden hat! Zufällig kommt der Bürgermeister in dem Moment den Kommissar besuchen. Er steht wie eine Erscheinung im Türrahmen. Der Kommissar sieht eine ungeheure Ähnlichkeit zwischen den Bildern und dem Bürgermeister. »Herr Bürgermeister, Sie sind verhaftet! Sie sind der Mörder! Ich dachte erst, hier die auf dem Bild ist es, aber da sind Sie gekommen. Sie sind der Person noch ähnlicher. Abführen!« Der verdatterte Bürgermeister, der noch kein einziges Wort geredet hat, wird von vier Polizisten abgeführt. Er kommt in eine winzige Zelle, wo kein Klo drin ist, sondern gar nichts. Sie ist mit Gitterstäben verschlossen. Es riecht nach erbrochenem Stuhl.

Natürlich weiß Kommissar Schneider ganz genau, daß der Bürgermeister ihm gefährlich werden kann, da er ja ein, oder besser gesagt *Der* erste Bürger der Stadt ist. Aber warum soll er nichts auf dem Kerbholz haben? Der Kommissar weiß ganz genau, daß er nicht der Mörder der letzten Leiche sein kann. Das Indiz spricht dagegen, der Bürgermeister hat die wenigen Haare, die er noch auf dem Kopf hat, vollzählig. Keins fehlt. Doch weiß der Kommissar auch, daß er den Bürgermeister, auch wenn der nichts verbrochen hat, aufs Schafott bringen kann. Allein wegen seines unappetitlichen Äußeren, er hat Warzen auf den Handrücken. Das reicht schon aus.

Also wird der Bürgermeister um seine Freilassung beten, dabei rutscht ihm bestimmt raus, daß er gerne in den Park geht, zum Spazieren. Der Kommissar wird es herausbekommen. Und dann ist es ein leichtes, zur Alibi-Untersuchung den Bürgermeister in den Wald zu schicken und ihm dann eine präparierte Leiche vor die Füße zu legen, und zwar so, daß nur er der Mörder sein kann. Das alles geht dem etwas wirren Kommissar durch den Kopf.

Seine Frau sitzt mit einem Kartoffelmesser am Küchentisch. Vor ihr liegen mindestens zwei Zentner Kartoffeln. Der Kommissar schüttelt mit dem Kopf: »Was ist das denn, wofür schälst du so viel Erpel, Ursula?« Die Frau sagt: »Wir feiern morgen silberne Hochzeit, hast du wahrscheinlich vergessen über dem Mordfall ›Zieh dich aus, du alte Hippe!‹« Sie verzieht zickig ihre untere Gesichtshälfte. Sie ist total eifersüchtig auf die Fälle, die der Kommissar löst. Wenn er versagt, lacht sie sich immer ins Fäustchen. Der Kommissar merkt nichts von allem, er negiert sie einfach. Dadurch haben sie ein schlechtes Verhältnis, vor allen Dingen, seit sie in Italien waren. »Ich kann nicht kommen, es sei denn, der Fall löst sich noch heute nacht. Sind Ernsts auch eingeladen?« »Ernsts kommen natürlich auch. Und: Tante Horst!« Der Kommissar erschrickt: »Lieber Gott, nicht Tante Horst!« Er

stürmt beleidigt auf sein Zimmer. Er setzt sich in seine Jungmädchengarnitur, sie haben es einfach von der Tochter stehenlassen, als sie mit 46 Jahren von zu Hause auszog. Ein paar Fotos von Erdrosselten und Erschossenen an der Wand sind die einzigen privaten Dinge des Kommissars, natürlich sind sie eng mit seinem Beruf verbunden. Ach, ich vergaß, in der Ecke steht eine elektrische Eisenbahn aus der Kinderzeit vom Kommissar. Sie ist aber auseinandergebaut. Der Kommissar ist ja niemals zu Hause längere Zeit, wofür braucht er ein eigenes Zimmer. Und siehe da, er sitzt auch schon in der Küche, es riecht nach Kartoffeln. Vergeblich versucht er, ein paar abzubekommen. »Nein! Laß die Finger davon, die sind für morgen.« Und sie haut ihm mit dem Pittermesser auf die Knöchel. Wie ein räudiger Hund verläßt der Kommissar sein eigenes Zuhause, er geht spazieren, die Luft ist heute erträglich. Vorher holt er sich sein Fernrohr aus dem Keller. Ein paar Kellerasseln tritt er platt, bevor er mit seinem linken Arm ins dunkle Regal fassen kann. Dabei bemerkt er auch einen Schatten oben über dem Fensterrost. Die Frau hat schnell ihren Liebhaber reingeholt. Im Weggehen hört der Kommissar die Liebesschreie der beiden, die sich jeder für sich unter Beweis stellen wollen, wer wohl besser und schneller ist.
Hoch auf dem Berg vor der Stadt steht der Kommissar und guckt durchs Glas. Er sieht folgendes: links und rechts sowie in der Mitte ist eine schwarze Fläche, die zu den Innenseiten rundgebogen ist, die schwarze Fläche bildet zwei Kreise, die sich auf halber Höhe treffen. Dadurch kann man die Gegend sehen. Und die guckt sich der Kommissar genau an. Gewissermaßen den kleinen Park mitten in der Stadt. Er kann mit Hilfe des Glases den ganzen Park absuchen, er kommt von dieser Position hier fast in jeden Winkel. Er stellt das Glas mehrmals auf verschiedene Punkte scharf. Da hat er die Fußabdrücke im Visier, die noch von dem ersten Mord herrühren und deutlich mit rot-weiß gestreiften Plastikbän-

dern abgesichert sind. Der Kommissar schätzt die Entfernung ab vom Tatort Nr. 1 zu Tatort Nr. 2, wir erinnern uns, der abgelegene Weg, der aus der Stadt herausführt. Es sind zirka 5–6 Kilometer. Und nach Koquinox ist es erheblich weiter. Jedoch, als der Kommissar auch diesen Stadtteil mit dem Fernglas ausfindig gemacht hat, sieht er auch den Bus, wie er gerade in den Stadtteil hineinfährt. Er hat einen Platten. Sein Hinterteil hüpft bei jeder Umdrehung des Rades hoch und runter. Amüsiert steckt Kommissar Schneider sein Fernglas weg und atmet tief durch. Dieser herrliche Waldduft. Er schmeckt ihn mit der Zunge. Ein Reh zeigt sich auf der Lichtung. Es hat Punkte, es ist ein Kitz. Da muß die Mutter nicht weit entfernt sein. Die Tiere im Wald ahnen nichts von der Schlechtheit von Menschen. Es sei denn, es sind Tiere, die man zum Essen hält. Diese Tiere wissen genau Bescheid, was der Mensch mit ihnen macht. Über solche Dinge denkt der Kommissar nie nach. Nur, wenn er ein Reh sieht. Das Reh äst das frische Gras. Es sieht niedlich aus. Hier ist es sicher. Die Mutter kann es ruhig allein sein Essen suchen lassen in der lauen Winterluft, es ist heute außerordentlich warm für diese Jahreszeit. Tautropfen baumeln am Ärmel des Popelin-Mantels, der Kommissar hat Wollhandschuhe an. Ein Gewehrschuß bellt aus dem Dickicht, zeitgleich fällt das Reh wie eine Marionette, deren Kordeln zerschnitten wurden, in sich zusammen. Noch einmal zuckt der Hals und macht ein umgekehrtes U. Der Kommissar springt hinter einen hochstehenden Wacholderzweig. Mit müden Augen kommt der Schütze aus dem Gebälk! Es ist, der Kommissar traut seinen Augen kaum, der Bürgermeister! Er entschließt sich, hinzugehen und ihn zu fragen, wie er hierhin kommt. Es stellt sich heraus, daß der Bürgermeister gegen Kaution freigekommen ist, sein Rechtsanwalt war dagewesen. »Ach so«, sagt dann der Kommissar. Der Bürgermeister hat einen Waffenschein vorzuweisen, ihm gehört das Jagdrevier hier auf dem Berg. Ganz klar, daß er davon Gebrauch macht. Er nimmt das Reh mit nach Hause. Vor seinem Kamin ist ein schönes Plätzchen für einen Fußabtreter, für wenn man barfuß aus der Badewanne kommt. Dann hat man es da schön warm. Und die Punkte sehen gut aus. »Kommen Sie mich mal wieder besuchen!« Der Bürgermeister guckt den Kommissar mit schlechtem Gewissen an. Der Kommissar, der sauer ist wegen der Freilassung und weil er sich lächerlich gemacht hat, will da aber nicht mehr hin. Am liebsten würde er als jemand anders noch mal sein Leben von vorne anfangen. Nur nicht als Polizist. Obwohl ... er macht seine Arbeit gerne, fällt ihm wieder ein. Vor allen Dingen kontrolliert er sehr gerne in der Straßenbahn oder im Bus. Genau das macht der Kommissar gleich, als er ins Büro fährt. Er ist ganz der alte, als er seinen Kontrolleurausweis zückt und forsch die Fahrgäste nötigt, ihre Karten zu zeigen. Ein zehnjähriger Junge wollte wohl nicht bezahlen, aus ihm macht der Kommissar ein Häufchen Elend. Dieser Kerl fährt nie mehr mit öffentlichen Verkehrsmitteln. Kommissar Schneider stinkt jetzt, weil er sich seit Tagen nicht wäscht. Er hat keine Zeit, er hat Wichtigeres zu tun.

Die Kollegen rümpfen die Nase, als Kommissar Schneider das Präsidium betritt. Er stößt die Putzfrau angeekelt zur Seite. Sie hat das Geländer der Haupttreppe mit Essig eingerieben, wegen der Hygiene. Die Frau kommt ihm bekannt vor. Er dreht sich noch einmal um. Er beobachtet die Putzfrau, wie sie sich daranmacht, mit einem riesigen Lappen zwischen den einzelnen Stangen des Treppengeländers herumzufuhrwerken. Aber was ist das? Sie putzt gar nicht richtig, sie *tut nur so, als ob! Sie kann gar nicht* putzen! Der Kommissar schüttelt den Kopf. »Das geht doch nicht!« murmelt er zu sich selbst. Da kann ja jeder kommen. Wahrscheinlich ist die Frau nur da, um ein Autogramm von ihm zu ergattern. Aber er wird sich stur stellen. Das mit den ewigen Autogrammen geht ihm sowieso auf den Wecker. Er hat wahrhaft genug Arbeit. Der Fall »Zieh dich aus, du alte Hippe«. Langsam hat er keine Lust mehr. Wenn er den Täter nicht bald stellt, kann er nicht zu seiner eigenen Silberhochzeit kommen. Der Gedanke sagt ihm zu. Er schaut auf die Uhr. O Schreck, es hat ja schon angefangen. Jetzt muß er aber doch hin. Er läßt sich von einem Wachtmeister zu sich nach Hause bringen, sein Wagen ist immer noch in der Werkstatt.

». . . Stoße ich auf alle an, die ich kenne! Prost!« Die Hochzeitsfeier ist in vollem Gange. Kommissar Schneider quetscht sich durch das Gartentor.
»Hallo, da kommt ja das Hochzeitskind!«
Alle Blicke sind auf ihn gerichtet. Als er näher kommt, bemerken sie seinen unangenehmen Geruch, eine Mischung aus Ungewaschenheit, Kotze, Blut, Alkohol, Tabak und faulen Eiern. Doch sie lassen sich nichts anmerken. Das wäre nicht die feine Art. Tante Horst ist als einzige noch nicht einge-

troffen. Ihre Eltern haben sie irrtümlicherweise Horst genannt, obwohl sie hätten merken müssen, daß es ein Mädchen ist, als es geboren wurde. Doch weil das Kind eine Art Bart hatte, dachten sie, es wäre ein Junge. Nachher wollten sie den Namen immer ändern lassen, doch hatten sie wenig Zeit.

Noch einmal fährt der Kommissar nach Koquinox. Dieses Mal nimmt er seinen Wagen mit. Er sieht, wie ein paar Jungens mit seiner Mofette spielen. Wutentbrannt hält der Kommissar an und verteilt ein paar Kinnhaken in der Meute, dann entreißt er ihnen seine Mofette und scheucht die Jungens weg! Diesmal ziehen sie den kürzeren. Der Kommissar besteigt mit vor Stolz geschwellter Brust sein Auto, nachdem er die Mofette im Kofferraum verstaut hat. Der Kofferraum ist winzig klein, es ist ein Kunststück, überhaupt etwas dadrin reinzupacken. Dafür hat der Wagen überdimensionale Reifen, und die neuen Seitenpfeifen stehen ihm sehr gut. Der Kommissar gibt ein Vermögen für das Tuning seiner Karre aus. So viel verdient er gar nicht. Wahrscheinlich arbeitet er nebenbei irgendwo. Und es stimmt. Kommissar Schneider arbeitet nebenbei manchmal als Konditor, bei Hochzeiten und so. Da macht er eine schnelle Mark mit eigenen Kreationen. Es sind ausnahmslos Sahnetorten, die als Spezialität bei dem ersten Anschnitt in sich zusammenfallen.
Glutrot hängt der Abendhimmel über dem Firmament. Ein Hochofen ist zu sehen, daneben ein paar lodernde Schornsteine. Hier ist eine Raffinerie in der Nähe, daher laufen dicke Rohre über die Fahrbahn. Glitzernde Aluminiumkessel spielen Verstecken vor einer gespenstisch anheimelnden Atmosphäre. Ruß tropft vom Himmel, es riecht nach bittern Mandeln, der Lärm von stampfenden Gewichten durchdringt die Ferne.

Schmatzend ernährt sich der Vergaser von Kommissar Schneiders Auto. Er trägt unter seinem Popelin-Mantel eine herrliche Bluse von seiner Frau. Er zieht sie gerne an, obwohl sie links geknöpft ist. Die Farben sagen ihm eben zu. Es ist grünbraun, so wie Jäger haben. In seinem Auto fühlt er sich sicher. Doch auf einmal erschüttert ein Donnerschlag die Erde. Direkt vor dem Kommissar spaltet sich der Erdboden, Feuer stiebt aus der Öffnung. Der Kommissar latscht mit voller Kraft auf die Bremse. Eine furchtbare Flüssigkeit kommt aus der Erde geschossen und ergießt sich über das Auto. Sie schwappt über die ganze Straße. In Sekundenschnelle findet sich Kommissar Schneider in einem wilden See von heißer Lava wieder. Sein Auto ist der einzige Schutz gegen das Inferno. Tanzende Teufel mit Mistgabeln hüpfen um das Auto rum, sie lachen und zeigen ihm die Zungen. Der Mob steigt auf den Wagen, und sie trampeln mit ihren Hufen die Wagendecke platt. Der Kommissar duckt sich geistesgegenwärtig. Er wählt in seinem Autotelefon die Nummer der Polizei. »Hallo! Polizei! Hier ist Kommissar Schneider! Ich bin in Koquinox! Ich ordere alle Wagen, die zur Verfügung stehen! Los, beeilt Euch!« Er legt auf.

Die Katastrophe, die den Stadtteil Koquinox heimsucht, ist eine explodierte Fabrik, zu der unterirdische Pipelines führen, die direkt aus dem Orient kommen. Durch riesige Pumpen, die im Gewinnungsgebiet angesiedelt sind, wird Öl nach Europa gedrückt. Hier wird es zur Energie benötigt. Die Fabriken hier brauchen sehr viel Öl, weil ungeheuer viel produziert wird, von Plastikklingelknöpfen, die man zum Schellen braucht, angefangen bis zu ganzen Garagendächern für Großraumgaragen. Kunststoff ist die Haupterwerbsquelle in einer solchen Stadt, in der Kommissar

Schneider arbeitet. Man sieht es auch überall verarbeitet, seien es Perücken zur Verschönung von Leuten oder Blumen, die es in allen Farben gibt. Der Popelin-Mantel von Kommissar Schneider ist auch aus Kunststoff.
Die halbe Stadt ist auf den Beinen, um beim Löschen zuzusehen. Um den Wagen des Kommissars haben große Feuerwehrautos Stellung bezogen. Ein beherzter Feuerwehrmann zieht den siedenden Kommissar aus seinem Auto. Kurz danach geht der schöne Sportwagen, im Kofferraum die Mofette mit der Satteltasche, wo noch der Männersack drin ist, hoch.
Krampfhaft verdreht der Kommissar, als er es bemerkt, seine recht Hand zu einer Klammer, so als wenn er ein imaginäres Papier zerknüllen wollte, in die Richtung, wo das Auto hochschießt, mit ausgestrecktem Arm. Dabei wendet er seinen Kopf schmerzverzerrt in den Mantel, Tränen kommen aus seinen Augen, das schöne Auto. Als er weggetragen wird, sieht er in der Menschenmenge ein Gesicht wie aus dem Nichts katapultiert mittendrin emporragen. Es ist die Frau, die er sucht. Die Person von der Zeichnung! Doch sie tragen ihn ganz nahe an ihr vorbei, ohne daß er sich bemerkbar machen kann. Ein blasses Lächeln huscht über ihr verbrauchtes Gesicht. Sie sieht ihm nach, sie hat *Männersachen* an. In ihrer Hand hat sie eine aufgeschnittene Hundefutterdose.

Im Krankenhaus ist großer Andrang. Als Kommissar Schneider auf die Station gerollt wird in dem Notbett, sind auch Fotografen da. Sie stehen im Flur und wollen ihn knipsen. Sie haben die Rechnung ohne den Wirt gemacht. Ehe sie sich besinnen können, sind alle brutal zusammengeschlagen. Der Kommissar ist, auch wenn er krank ist, unberechenbar. Wild wie ein Dobermann kläfft er die Pressefritzen von seinem Bett aus an, um dann wie von der Tarantel gestochen hochzuschnellen, dem einen Arzt das Skalpell wegzureißen und unorthodox draufloszufetzen. Ein Fotograf kann nur noch mit der einen Hand knipsen, die andere hat der Kommissar ihm mit dem Skalpell total zerhackt. Wie ein Zwiebelschneider ist der Kommissar Schneider unter die Anwesenden gedrungen. Jetzt sitzt er aufrecht auf seinem Bettchen und schimpft. Er will hier wieder weg. »Bäbäbäbäbä!« macht die Schwester. Doch der Kommissar deut sie zur Seite und haut ab. Seine mit Pflaster verklebten Füße tragen ihn zum Präsidium. Er hetzt die Stufen hoch. Komisch, heute ist gar nicht geputzt worden. Wenn es nötig ist, fehlen die entscheidenden Leute. So ist es immer. Eine dicke Staubschicht liegt auf den Stufen. Der Unfall in der Fabrik hat die ganze Stadt in Asche gehüllt. Auf seinem Schreibtisch stehen Blumen. Daran hängt ein kleiner Zettel: Sehr geehrter Herr Kommissar Schneider. Heute werde ich wieder töten. Ich kann nicht anders. Ich bin vermaledeit. Ein armer Tor.«
Mit dem Zettel unterm Arm rennt der Schneider zum Polizeipsychiater. »Hier, das erste Zeichen von dem Frauenmörder! Meinen Sie, es ist ein Mann? Doch wohl nicht! Los, analysieren Sie schon!« Er nimmt den Arzt in den Schwitzkasten. »Lassen Sie mich los!« Ungeduldig entwindet sich der anerkannte Psychiater dem eisernen Griff des Kommissars. Er guckt sich das Briefchen genauer an. Nimmt es zwischen die Finger, riecht daran, hält es über eine Lichtquelle, das Papier schimmert gelblich.

»Die Schrift ist kindlich naiv angelegt, weist jedoch ein paar Unerhörtheiten auf. Sehen Sie, es ist zwar richtig, aber die Wörter sind verschieden groß geschrieben. Vielleicht soll es ablenken von der Größe des Schreibers. Es ist mit Sicherheit daraus zu entnehmen, daß die Frau, und es ist zweifelsfrei eine Frau, einen von innen her geschürten Männerhaß hat. Sie lebt ihn aus, indem sie sich selbst zum Mann verkleidet, Frauen umbringt und dann sich darüber lustig macht, wie die Polizei einen Mann als Täter bestimmt. Dazu kommt noch, daß sie sich selbst nicht anerkennt, weil sie eben eine Frau ist, da sie von einem Mann gezeugt wurde. Sie sehen, eine sehr komplizierte Angelegenheit. Man spricht hierbei von ›rudimentärer Anti-Kompromißbereitschaft zwecks Einebnung der Lebenslüge mit Hilfe von Selbstjustiz, ausgesprochen durch Beschuldigung anderer Individuen‹. Diese Frau ist total gefährlich, ich rate Ihnen, die Stadt evakuieren zu lassen, Herr Kommissar!« »Das geht doch nicht!« Der Kommissar wehrt sich entschieden gegen diese Vorstellung. »Sie müssen evakuieren! Ich bestehe darauf, Herr Kommissar!«

»Gut.« Der Kommissar geht im Stechschritt in die oberste Etage, in das Zimmer mit dem kleinen Balkon. Von hier aus kann er die ganze Stadt überblicken. Er tritt nach draußen. *«Achtung Achtung! Achtung Achtung! Dies ist eine Durchsage! Ich evakuiere hiermit die ganze Stadt! Bitte beeilen Sie sich! Noch mal: ich evakuiere die Sta-aaaadt!!! Auf Wiedersehen!«* Alle fangen an, ihre Sachen zu packen, der Kommissar sieht es mit gemischten Gefühlen, dann geht er in das Zimmer zurück. Es ist für ihn komisch, wenn alle weg sind. Dann ist er mit dem Mörder total allein in der Stadt. Doch wird es ihm dann wohl gelingen, ihn zu fangen.

Im Halbdunkel des fahlen Laternenlichtes legten sich zwei zittrige Hände um ihren Hals und drückten zu.
Die Frau war unterwegs gewesen. Jetzt ist sie umgebracht worden. Diesmal nimmt der Mörder sein Opfer mit. Er bukkelt die schwere Gestalt auf seine mächtigen Schultern und geht mit schweren Schritten durch den Forstweg. Seine Jacke ist die Jacke eines Jägersmannes, dazu trägt er Knickerbokker. Ein Paar geschnürte Halbschuhe tragen ihn mit seiner Last durch einen morastigen Boden. Er biegt vom Feldweg ab und geht auf eine Straße zu. Die Gegend hier ist der Stadtteil, in dem Kommissar Schneider sein Zuhause hat. Die Stadt ist wie leergefegt, die Menschen sind unmittelbar nach der Aussprechung der Evakuierung sofort geflohen. Dicke Schlösser hängen an den Türen und Toren. An Kommissar Schneiders Haus hält der Mann an und legt die Leiche vorsichtig, ohne unnötige Geräusche zu machen, vor die Fußmatte. Er klingelt und haut ganz schnell ab. Kommissar Schneider tritt zur Türe hinaus und wundert sich zunächst, daß überhaupt jemand noch in der Stadt zu sein scheint. Er läßt seinen Blick umherschweifen. Dann erblickt er die zusammengekrümmte Gestalt auf dem kleinen Weg, der zu seiner Haustür führt. Noch einmal sieht er sich um, dann bückt er sich und horcht an der Person. Es ist ein Mann, kein Zweifel. Er wendet ihn, da erschrickt er sich fast. Der Mann ist eine Frau! Ganz klar, sie hat sich als Mann getarnt. Und sie ist, so kann der Kommissar schnell untersuchen, erwürgt worden. Es kann sich hierbei nicht um den Serienmörder handeln. Doch bei der weiteren Untersuchung stellt sich für Kommissar Schneider die Frage: Woher kennt er die Person? Als er in der Manteltasche eine abgesägte Hundefutterdose findet, bekommt er einen Geistesblitz! Na klar, das ist die Frau, die er sucht! *Der Mörder, besser gesagt die* Mörderin! Da schellt im Wohnzimmer das Telefon. Seine Frau ist auch evakuiert worden, deshalb muß der Kommissar selbst dran-

gehen. »Hier Kommissar Schneider?« Der Kommissar steht mit Matsch an den Schuhen auf dem hellen Teppich. Am anderen Ende ist ein merkwürdiger Mann. Er behauptet, zu wissen, daß eben wieder eine Frau umgebracht wurde. Die Telefonzelle, in der der Mann steht, ist ganz in der Nähe. Der Mann trägt Handschuhe und einen angeklebten Bart. Er sieht aus, als wolle er erpressen. »Herr Kommissar! *Sie* haben gerade eine Frau erwürgt! Schauen Sie mal an den Hals der Frau und nehmen Sie die Fingerabdrücke. Vergleichen Sie sie mit Ihren eigenen.« Der Anrufer legt auf. Kommissar Schneider kann nichts dagegen unternehmen. Er hätte gerne länger mit dem Anrufer gesprochen, dann hätte er nach einer Weile den Ort ausmachen können, von wo der Anruf herkommt. Er hatte schon die Verbindung zum Dezernat aufgenommen. Zu spät.
Die ganze Aktion gerade war nur ein Ablenkungsmanöver, denkt der Kommissar. Er ist sehr schlau. So schnell legt man ihn nicht rein. Und als der Kommissar wieder nach draußen kommt, ist die Leiche wieder weg. Genau das hatte sich der Kommissar gedacht. Es war wahrscheinlich ein Pärchen, das aus dem Fall »Zieh dich aus, du alte Hippe« Kapital schlagen will. Die beiden hatten sich abgesprochen, der eine spielt die vermeintliche Leiche, der andere den Erpresser. Quatsch. »Nicht mit mir, Freunde! Neeee!« Der Kommissar schlägt seinen Mantelkragen hoch und geht weg.

Kommissar Schneider geht zu Fuß in die Stadt. An den Geschäften vorbei, durch die Fußgängerzone, dann kommt der Bahnhof. Menschenleer. Er ist der einzige Bürger. Da fällt ihm der Meister der Bürger ein, der Bürgermeister. Was macht der eigentlich so? Der Kommissar könnte ja mal gukken, ob er zu Hause ist. Er geht in Richtung Bürgermeistervilla. Ein Hund kommt ihm entgegen, er ist ziemlich groß. Nur nicht nervös werden, Herr Schneider. Sie sind auf gleicher Höhe, da wechselt das Vieh die Straßenseite und kommt rüber. Seine Zunge hängt zwanzig Zentimeter aus dem Hals heraus. Er ist total durstig. Es herrscht Wasserknappheit in der Stadt. Auch Tiere sind betroffen. Der Hund wirbelt urplötzlich einmal um sich selbst und zerfällt zu Hausstaub. Der Kommissar hat eine Hausstauballergie und muß erstens niesen, und dann bekommt er große juckende Ekzeme überall. Er eitert bereits. Mühsam schleppt er sich in eine Apotheke, deren Besitzer geflohen sind. Hier hat er freie Auswahl. Doch er weiß nicht genau, was er nehmen muß, so holt er sich eine Mischung von irgendwelchen Tabletten aus den verschiedenen Regalen. Er spült sie mit Speichel runter, muß sich fast übergeben. Das Zeug hilft nicht gut, es ist nicht das Richtige. Der Kommissar verzweifelt fast. Dicke rote Quaddeln umschließen sein Gesicht, er erkennt sich im Spiegel selbst nicht wieder. Er knipst ein Radio an, im Sender ist Trauermusik. »Na, das paßt ja wieder!« Der Kommissar ist sauer. Die Pein wird immer größer. Und draußen der Himmel verfinstert sich.

Aber gegen diese miese Stimmung anzukommen, das ist Kommissar Schneiders Spezialität. Er steigt auf die Theke und tanzt mit weit ausgebreiteten Armen Sirtaki! Japampampam, drrrrjampampampam... So wirkt er gegenüber der Umwelt positiv eingestellt. Beruflich hat er Erfolg, er wird den Mörder heute schnappen. Dann fliegt er zur Lampe hoch und befreundet sich mit den Fliegen, die wie wild darauf

sind, ihn kennenzulernen. Zusammen mit ihnen fliegt er durch die Straßen, sie machen Einkäufe. Er lädt die Fliegen zu einer Tasse Kaffee ein in einem schönen Café, wo man draußen sitzen kann. Sie beobachten die vielen Leute, die hier auf und ab gehen. Ab und zu lernen sie jemanden kennen, einer gibt ihnen die Adresse des Mörders. Mit einem Zettel in der Hand wird der Kommissar wach aus seinem furiosen Tablettenrausch. Auf dem Zettel steht tatsächlich eine Adresse. Dahin will er jetzt gehen.
Die roten Pusteln sind wie verflogen.

Um zu dem Ort zu gelangen, der auf dem Zettel angegeben ist, muß der Kommissar ein Schiff nehmen. Er geht zum Hafen, wo zur Zeit ein großes Segelschiff vor Anker liegt. Niemand sieht ihn, wie er die Planken betritt. Unheimlich zeichnet sich der schwarze Klotz gegen eine neblige See ab. Der Hauptmast ragt wie ein schimpfender Zeigefinger gen Himmel. Klamm legt sich der helle Popelin-Mantel des Kommissars um seine Taille. Er ist allein. Das Schiff trägt ein schwarzes Segel mit einem weißen Totenkopf, es ist ein abgewracktes Piratenschiff, auf dem sich der Kommissar befindet! Er schleicht zur riesigen Ankerwinde und wirft sich mit seinem ganzen Körper gegen den Hebel, der Anker wird geliftet. Bis er gänzlich aus dem Morast befreit ist, vergeht eine lange Zeit. Die Stadt ist düster, als der Kommissar mit breiten Beinen am Steuerrad steht und das Ungetüm in den Wind manövriert. Klatschende Gischt und ein plötzlich aufkommender Sturmwind machen ihm das Segeln schwer. Die vollen Segel knallen heftig gegen die Bäume und das Schiff fliegt wie eine unsichtbare Gewitterwolke über den Ozean. Die Haare fliegen dem Kommissar in die Stirn, und er sieht unbezwingbar aus. Jetzt kann der Tod kommen, er will ihm schon heimleuchten.

»Aaaaahhhhhh!!!!!« Er schreit gegen den Sturm an, hier kann er seinen eigenen Schrei nicht hören, aber die verdammten Fische sollen ihm Tribut zollen. Der Kiel schneidet in die Wogen, zerstörerisches Segelschiff. Die Geschwindigkeit nimmt zu, der untere Boden des Ozeans wird meterhoch aufgewirbelt. Eine Böe reißt Kommissar Schneider den Mantelgürtel kaputt. »Hahahahahahaaaaa!!!« Er dreht sein Schiff mitten in den Wind. Eine riesige Woge hebt den vorderen Teil des Schiffes haushoch, mit dem Heck taucht es tief ein, dann kracht es mit lautem Bersten auf die harte See. Eine imaginäre Melodie liegt in der angerauhten Atmosphäre. Es ist, als wenn die Englein singen. Hoch am

Himmel erscheint ein Gesicht, zwar kaum zu erkennen, doch sichtbar. Das Gesicht spricht zu Kommissar Schneider: »Du wirst dein Ziel niemals erreichen! Ich bin der Teufel! Du bist verloren! Hau ab!« Der Teufel verschwindet genauso heimlich, wie er gekommen ist. Um seinen Mund ist ein Anflug von einem Lächeln. Doch der Kommissar denkt, es ist eine Luftspiegelung. Nichts kann ihn erschüttern. Er ist ein Fels.
Eine riesige Schwanzflosse durchdringt die Wasseroberfläche und peitscht backbord an die Reeling. Der Wal begleitet das Monsterschiff auf seiner seltsamen Reise.
Für den Wal wird es die letzte Reise sein. Er ist ein uralter Geselle. In seinem Magen liegt ein Haufen Müll und Schrott. Sogar Autoteile hat er in seinem langen Leben verschlungen. Ein Schwarm fliegender Fische hüpft lustig über den Wellen. Das Schiff ist eine Woche unterwegs.
Die Nächte fror der Kommissar wie ein Schneider. Eines Morgens, als die Sonne zum ersten Mal ihre Strahlen durch den immerwährenden Nebelschleier schickt, kann der Kommissar am Horizont einen schmalen Landstreifen erkennen. Sie kommen näher, der Wal dreht bei und taucht tief in den Ozean hinab, um sich dort in seinem nassen Grab zum Sterben hinzulegen. Er weiß genau, daß es zu Ende geht. Der fast dreißig Meter lange Körper macht eine lange Flutwelle beim Untertauchen, noch einmal schickt er einen hohen Strahl Meerwasser in den Himmel. Das ist alles, was der Kommissar noch von ihm sieht. Das Schiff gleitet in seichteres Gewässer. Hier muß er Anker werfen. Die Winde singt ihr Lied, als die Kette losgelassen wird. Ein kleines Boot trägt den Kommissar über die Brandung hinweg. Er zieht das kleine Boot auf den Sand und dreht es um. Dann schickt er sich an, die Insel zu untersuchen. So wie die Sonne aufgetaucht war, so schnell ist sie auch wieder verschwunden. Urplötzlich senkt sich eine düstere Stimmung über das unbekannte Eiland.

Nur mit einem Messer bewaffnet, dringt der Kommissar in den Urwald ein. Er läuft ein paar Meilen, dann kommt er auf einer höher gelegenen Ebene an einen Abgrund, der einen weiten Blick über eine riesige Talfläche eröffnet. Er steigt mit dem Messer im Mund hinab. Mit dem Messer schlägt er sich den Weg frei durch die Schlingpflanzen, die wie Tausende von Schlangen von den Bäumen runterhängen. Hier und da wachsen fleischfressende Pflanzen. Mit Mühe kann er einer davon entkommen, sie hatte schon ihren Schlund geöffnet, um ihn zu verspeisen. Sein Popelin-Mantel ist in diesem Dschungel keine gute Tarnung. Hell leuchtet er zwischen lauter Grün. Er entschließt sich, den wertvollen Mantel mit Erde einzureiben. Immer tiefer gerät er in den Urwald. Immer schauerlicher wird seine Umgebung. Er erschrickt, als er hinter einer Hecke an einem Baum vorbeikommt, an dem ein Skelett baumelt. Die einzelnen Knochen schlagen einen markerschütternden Rhythmus. Hohl klingt Gebein, ekelhaft die Fratze des Knochenmannes, die ihm grinsend entgegengreint! Die Kopfhaut ist voll von Maden. Sie versuchen, nachdem sie ihre Arbeit getan haben, über den Strick, an dem der Unselige hängt, nach oben zu entkommen.
Weiter. Der Kommissar muß weiter, will er noch vor dem Abend am Ziel sein. Groß laden seine Schritte aus, und er hetzt förmlich, wie von einem Taumel getrieben, durch die Flora und Fauna dieser unheimlichen Insel. Da! Eine Riesenschlange wirft sich in Trance aus schwindelnder Höhe hinab, um sich um den Kommissar zu legen und ihn langsam zu erdrücken. Ein, zwei Schnitte mit dem Messer, und der Kommissar ist befreit von dem wirbellosen Getier. Sie soll woanders ihr Glück versuchen. Der Kommissar ballt seine Hand zur Faust und geht als Sieger aus dem Kampf hervor. Als er schon den ganzen Tag gewandert ist, bemerkt er fremdartige Fußspuren im Boden. Zunächst dachte der Kommissar, er hätte sich vertan und wäre im Kreis gelaufen, doch als

er die Fußspuren mit seinen Füßen verglich, muß er feststellen, daß die anderen Füße ungleich größer sein müssen. Wer konnte denn solch große Füße haben? Schweiß auf der Stirn macht sich breit, und bald wird der Kommissar erschöpft sein.
Plötzlich tritt er an einer x-beliebigen Stelle aus dem Urwald heraus. Ein Platz mitten im Dschungel. Etwa so groß wie ein Fußballfeld. Am hinteren Ende sieht er, mit Palisaden eingezäunt, eine Hütte liegen. Aus einem Schornstein quillt wenig Rauch. Kommissar Schneider stockt der Atem. Was ist los hier? Wer wohnt hier?
Kommissar Schneider schleicht sich liegend an das Anwesen heran. Seine Nerven sind bis zum Zerreißen gespannt, als er das Tor in dem Palisadenzaun öffnet, ohne daß es knarrt. Er guckt in den Innenhof. Das Haus ist nicht sehr groß, es ist mehr eine Hütte. Aus Bast. Kein Mensch weit und breit zu entdecken. Mutig wird der Kommissar jetzt, er geht in gebückter Haltung schnell an den Eingang der Hütte. Dort lehnt er sich mit dem Rücken fest an die Wand, dabei klappt die Hütte wie ein Kartenhaus in sich zusammen. Das einzige, was stehenbleibt, ist der überdimensionierte Kamin, mit dem brennenden Feuer in sich. Und vor dem Kamin sitzt eine Gestalt. Lang weht der Bart im Wind, die Augen sind mit Gurkenscheiben belegt, und Quark ist im Gesicht verteilt, auch darauf sind Gurkenscheibchen gelegt. Kein Zweifel, diese Person macht eine Schönheitskur. Doch ehe der Kommissar sich versieht, wird aus der Gestalt ein reißender Bach mit heißer, dampfender Flüssigkeit! Der Bach verformt sich, wird zu einem Gesicht, das nun aus einer Wolke herauszuschauen scheint. Es ist der Teufel! Wieder will er Kommissar Schneider verhöhnen. Der Kommissar straft ihn mit Mißachtung, er guckt schnell weg. Da ist er verschwunden. Und statt dessen steht jetzt eine lebendige Gestalt vor dem Kriminalkommissar: es ist der Bürgermeister! »Guten Tag,

Herr Kommissar! Wer hätte das gedacht, daß wir uns so schnell wiedersehen. Na, gefällt's Ihnen hier bei uns?« Er winkt in den Urwald. Eine zweite Person kommt aus dem Gebüsch. Es ist die Frau, die in Koquinox wohnt, die Putzfrau des Polizeipräsidiums. Der Kommissar hat damit gerechnet. Er wundert sich überhaupt nicht. Schon hat er Handschellen aus der Joppe gezaubert. »Herr Bürgermeister, Sie und Ihre ›ehrenwerte‹ Frau Schwester sind verhaftet! Sie können einen Anwalt holen. Sie brauchen nichts zu sagen, was man nachher gegen Sie verwenden kann.« Mit diesen Worten will er die beiden anketten. Doch die, obwohl total verdattert, wollen nicht.
»Wie haben Sie denn das herausgefunden?« Der Bürgermeister ist kreideweiß. »Innere Eingebung.« Der Kommissar wird sich hüten, etwas dazu zu sagen. Er ist eben gut. Und sogar ein sehr guter Polizist. Diesen Fall hat er gelöst. Und zwar ist es so gewesen: Der Bürgermeister hat aus Versehen eine Frau umgebracht, weil er sich einer Frau gegenüber schlecht auszudrücken weiß. Sie hatte ihn verhöhnt deswegen, und dann hat er nichts mehr gewußt, als mit einer abgesägten Hundefutterdose zuzuschlagen. Genau wie der Frauenmörder, der aber dann an den Bienenstichen eingegangen ist. Um seine Unschuld zu beweisen, hat er seine eigene Schwester dazu angespornt, weil er wußte, daß sie gerne Männersachen trägt, noch mehrere Morde zu begehen. Immer dann hat er versucht, möglichst sich von dem Kommissar treffen zu lassen. Es ist ihm aber nur ein Mal gelungen. Seine Schwester hingegen war sich keinerlei Straftat bewußt, weil sie immer dann, wenn sie mordete, jemand anders war. So hatte sie kein Alibi, was ihr Bruder ausnutzte, er konnte sie so erpressen. Um der Polizei zu entkommen, sind beide auf eine einsame Insel umgezogen. Der ehemalige Bürgermeister, denn so einen Beruf kann er jetzt nicht mehr ausüben, hat den Kommissar selbst auf seine und sei-

ner Schwester Fährte gesetzt, weil er Klarheit haben wollte. Er war das Versteckspiel satt. Und mit Hilfe des Teufels, der übrigens auch Beethoven gespielt hat, hat er versucht, den Kommissar in letzter Sekunde regelrecht verrückt zu machen. Es ist ihm nicht gelungen. So kann Kommissar Schneider wohl noch viele, viele Fälle lösen, und man freut sich schon auf den nächsten. Viel Spaß im Gefängnis, Bürgermeister und seine Schwester!

Nachwort:

Der Kommissar Schneider ist einer der besten Kommissare. Seine Spürnase ist gut. Mehr von diesen Kommissaren, und es gäbe kein Verbrechen mehr. Gäbe es kein Verbrechen, gäbe es keinen Kommissar Schneider. Daran wird deutlich, daß ohne das Verbrechen gar nicht möglich wäre, darüber zu schreiben. Deshalb sind die ganzen Verbrechen, die in diesem Buch vorkommen, lediglich erfunden, oder besser gesagt: nachempfunden.
Ich bedanke mich bei Alfred Brendel für sein Klavierspiel, er war für mich die Vorlage zu »Beethoven«, und bei Sergej Rachmaninov, der die letzten Seiten mit seiner Symphonischen Dichtung op. 29 (»Die Toteninsel«) begleitete. Dank auch an das Kriminalphysikalische Institut zu Caracas für die Informationen über »den Bürgermeister«.
Herzlichen Dank auch an alle andern, die das Buch kaufen, um es zu lesen. Es geht kein Weg dran vorbei, auch hier viel zwischen den Zeilen zu lesen, sonst kapiert man die Handlung nicht.

P.S.:
Die Morde, die sonst noch so beschrieben sind, z.B. der Mann, der im Büro des Kommissars hing, haben nichts mit dem Fall »Zieh dich aus, du alte Hippe« zu tun.

Von

Helge Schneider

sind folgende CDs bei ROOF MUSIC erschienen:

Seine größten Erfolge — CD RD 10 33 10

New York I'm coming — CD RD 12 33 04

The last jazz * — CD KD 12 33 10

Hörspiele Vol. I 1979-1984 — CD RD 12 33 11

Hörspiele Vol. II 1985-1987 — CD RD 14 33 19

Geschenkkassette * 5er CD-Box

streng limitierte Auflage von 2000 Stück   RD 93 55 55
Alle 5 CDs & Briefe & Photos in einer Box)

Jürgen von Manger – Ihr Lieben ...

(Musik: Helge Schneider)   RD 94 33 30

Vertrieb: Rough Trade und * BMG/Ariola – ARIS
zu beziehen in allen gutsortierten Fachgeschäften oder über
ROOF MUSIC GmbH, Prinz-Regent 50-60 44795 Bochum
(Mailorder-Liste für CDs, Shirts etc. anfordern).

Helge Schneider
Guten Tach. Auf Wiedersehn.

Autobiographie, Teil I

Mit zahlreichen Abbildungen

KiWi 279
Ein Stern geht auf am Himmel der deutschen Unterhaltung. Der Stern heißt Helge Schneider, und sofort hat er seine Autobiographie geschrieben. Allerdings nur den 1. Teil. Lesen und Lachen.

KiWi Paperbackreihe bei Kiepenheuer & Witsch

Harald Schmidt
Tränen im Aquarium
Ein Kurzausflug ans Ende des Verstandes

KiWi 318
Originalausgabe

Das erste Buch des TV-Unterhalters Harald Schmidt – ein Lesespaß für die ganze Familie.

»Daß wir überhaupt ein Gehirn haben, merken wir doch häufig erst, wenn uns z. B. am Hinterkopf eine Bocciakugel streift.«

KiWi Paperbackreihe bei Kiepenheuer & Witsch

Richard Rogler
Finish
Ein Monolog

KiWi 286

Ein umwerfend komischer Monolog über ein verrückt gewordenes Land, von einem, der auf die 50 zugeht und es immer noch nicht geschafft hat – die Fortsetzung des großen Erfolgs von Freiheit Aushalten!

KiWi Paperbackreihe bei Kiepenheuer & Witsch